# 婚約破棄された令嬢は変人公爵に嫁がされる

## 王太子が迎えにきたけど、夫がかわゆすぎてそれどころじゃない



杓子ねこ

illustration ねぎしきょうこ

ICHIJINSHA IRIS NEO

## CONTENTS


第一話　変人公爵に嫁がされました
P.005

第二話　渾名《あだな》は返上いたします
P.131

番外編
P.265

あとがき
P.278

この作品はフィクションです。
実際の人物・団体・事件などには関係ありません。

# 第一話　変人公爵に嫁がされました

# プロローグ　婚約破棄

テオドシーネという名は仰々しくて、あまり好きではなかった。

栗色《くりいろ》の髪に同じ色の瞳《ひとみ》という外見の平凡さとも、ユフというシンプルな家名ともバランスに欠ける。

そのうえ十二の歳《とし》に婚約者としてめあわされたのは、このレデリア王国の第一王子であり王太子でもあるピエトロ・レデリア。煌《きら》めく金色《こんじき》の髪と蒼海《そうかい》の瞳を持ち、幼少期から美貌《びぼう》を賞賛されてきたピエトロは、派手さのないテオドシーネの容姿をあからさまに見下した。

「テオドシーネとか言ったか。……ふん。俺《おれ》の隣に立つからには、俺が恥ずかしくないようにしろ」

その日から、自信なさげにうつむくことすら許されなくなった。

ユフ侯爵家は、代々レデリア王国の宰相を務めてきた。ピエトロとテオドシーネの婚約は、王家からユフ侯爵家への信頼を表す。

名前に負けぬよう、立派な女性になろうと覚悟を決めた。侍女たちがさがり一人になったベッドでどれだけ泣こうとも、翌朝には涙の跡を消して完璧《かんぺき》なほほえみを浮かべる。

歴史、地理、古典といった学問に、国賓を迎えるためのマナー。そのほか王太子妃として身に着けておかなければならない教養や技能の数々を、テオドシーネは次々に吸収していったけれども、外見だけはどうしようもなかった。

成長するにつれ背は高くのび、ヒールを履けば殿方と変わらない目線になる。そのくせ肉体は豊満とはいえず、どこか武骨な印象を与えた。

強情なくらいにまっすぐ落ちる髪は、ゆるやかに巻く流行《はや》りの髪型に向かないから、いつもアップにしてまとめるだけ。苦肉の策でサイドにひと房たらし、大人《おとな》びた気品を添えることはできたと思う。

そんなだから、ドレスの色もデザインも、かわいらしいものは似合わない。胸元に大粒の宝石を飾り、袖《そで》や裾《すそ》にレースを配したシンプルなドレスは、テオドシーネを年齢以上に落ち着いて見せてしまうとしても、ほかに選びようがなかった。

次期王太子妃にふさわしくあろうと奮闘する様を、ピエトロは嘲笑《あざわら》っているようだった。

それでも、どんなにつらくとも、与えられた重責を拒否することはできない。テオドシーネは努力を重ね——もうすぐ十八の誕生日。

近ごろでは、決裁書の確認や議会への参加も慣れ、式典での立ち居振る舞いも板についてきた。

ようやく立場にも名前にもつりあう人間になれたと安堵《あんど》したのに。

その名を、まさか婚約者から、こんなふうに呼ばれることになるなんて。

「テオドシーネ、お前との婚約は破棄することにした。俺は、ここにいるマリリンと、真実の愛を育むのだから」

ピエトロの声が広間に響く。

前半は冷たく、後半は甘く。まるで芝居の口上のようだ。ピエトロにとっては人生自体が、華々しく脚光を浴びるための舞台のようなもの。

集められた彼の取り巻きたちを、テオドシーネはどこか他人事《ひとごと》のように見渡した。

一足早い誕生日祝いだと王宮に呼びだされ、それが国王陛下と父ダニエル・ユフ侯爵の外遊期間中であることに気づいてから、こうなる予感はあった。

「マリリンから聞いたぞ。俺を慕うマリリンに嫌がらせをくり返し、侯爵家の権力をふりかざして怯《おび》えさせ、最後には暴漢に襲わせたと！　お前がそこまで酷《ひど》い人間だとは思わなかった。ずっと俺を騙《だま》していたんだな」

「本当に。怖くてたまりませんでした。何度泣いたことか……うう……っ！　でも、ピエトロ様がおそばにいてくださったから……♡」

やや自己陶酔の気《け》を見せつつピエトロが語るのに、腕の中の男爵令嬢マリリン・ミーアが表情を暗くしたり明るくしたりしながら合いの手を入れる。

取り巻きもそうだそうだと囃《はや》し立てる。最も大きな声を出すのは、ブレンダン伯爵の嫡男ジェイネス。

ブレンダン伯爵をはじめとして、ウィルマ男爵、モンドル男爵ら西の国境付近に領地を持つ貴族たちは、この十年ほど国境防衛に貢献ありとして王都の社交界で幅を利かせていた。その息子たちがピエトロの悪友に収まって、宰相である父も頭を悩ませていたところだ。

マリリンの実家ミーア男爵家も、ブレンダン伯爵とともに台頭してきた家の一つ。

この馬鹿《ばか》騒ぎにテオドシーネをサポートしてくれていた将来の側近候補たちが含まれていないことは、国の未来を考えるうえでは不幸中の幸いといえる。

だが、それはつまり、この場にテオドシーネの味方はいないということでもある。

「最初からお前は俺にふさわしくなかった。俺の愛《いと》しいマリリンと違って、かわいげも従順さも持ちあわせない女だ」

気障《きざ》っぽく前髪をかきあげ、ピエトロはマリリンをいっそう強く抱きしめる。

テオドシーネはピエトロの体を抱き返すマリリンに視線を向けた。こんな状況で畏縮《いしゅく》することもなく厭な笑みを浮かべる彼女は、たしかに美しい。

青みがかったエメラルドの髪はゆたかに艶《つや》めき、見ようによっては琥珀《こはく》色にもなる瞳はピエトロの色彩を対照をもって引き立てる。長い睫毛《まつげ》に、厚みのあるふっくらとした唇。顔だちも体つきもメリハリがあって、テオドシーネとは比べようもなかった。

気の多いピエトロも相当に入れ込んだ。結果がこの有様だ。

自分は特別な存在であるとピエトロは信じ込んでいる。ならば、婚約相手もまた、美しい者を、ということなのだろう。

婚約者のいる、それも王太子という身分の相手に媚《こび》を売るマリリンにも、鼻の下をのばして応えるピエトロにも、何度もたしなめる言葉をかけた。

けれども、「身分と立場をお考えあそばしますように」というテオドシーネの言葉は火に油を注ぎ、二人の情熱を燃えあがらせてしまっただけだった。

「ピエトロ殿下、近ごろではミーア男爵家に金品を贈る貴族もあるとか。度を越えた寵愛《ちょうあい》は混乱を招きます。殿下のお名前にも傷が――」

「黙れ、俺に意見をするな！」

二人のあいだでそんなやりとりが何度もくり返された。

ピエトロはテオドシーネが諫言《かんげん》を重ねるほど頑《かたく》なになり、ついにはテオドシーネを〝悪なる侯爵令嬢〟と呼んだ。悪いのはテオドシーネで、無邪気なマリリンに嫉妬《しっと》し、王妃の座に執着しているのだと。

その物言いに危機感を覚えながら、いくらなんでも、と心の中で否定してきたことが、今夜ついに現実となったのだ。

うつむきそうになる顔をあげ、テオドシーネは背すじをのばした。

テオドシーネは、不安から目を逸《そ》らしていたわけではない。予感を覚えたときから、ピエトロの知らないところで準備をしてきた。

「ピエトロ殿下、釈明をさせてくださいませ。殿下のおっしゃった罪は、わたくしには身に覚えのないことでございます。どうかいま一度、冷静にお取り調べを」

「なんだと、俺が冷静ではないというのか!?」

しかと自分を見据えるテオドシーネにピエトロは美しい顔をしかめて叫ぶ。

途端、バチッと音がして、目の前に火花が散った。「おおっ！」と取り巻きが感嘆の声をあげる。

生まれながらに魔力量の豊富だったピエトロは、大した訓練をすることもなく雷魔法を操ってみせた。貴族ですら魔法を扱える者はほんのひと握り、しかも見た目も派手で、攻撃力もある雷魔法だ。そのこともまた、ピエトロが自分を特別だと考える一因となった。

ピエトロの指先はまだテオドシーネに向けられているけれども、テオドシーネは怯《ひる》まなかった。慣れた癇癪《かんしゃく》を受け流し、はっきりと告げる。

「はい。短慮と言わざるをえません。このように魔法で相手を黙らせようとすることも」

いくら取り巻きを侍《はべ》らせたところで、一方的に婚約を破棄するなどという暴挙、どちらに非があるかは一目瞭然《りょうぜん》だ。

「この婚約はレデリア王国の未来のため、国王陛下と我が父ユフ侯爵の同意のもとに結ばれたものです。そのような短慮が陛下の知るところとなれば――」

「ああ煩いうるさいうるさい！　お前の説教は聞き飽きた！　俺とお前、父上にとってどちらが大切かくらい考えればわかるだろう。父上が俺の願いを許してくださらぬわけがない！」

「っ！」

また空気の爆《は》ぜる音がして、思わず自分を庇《かば》う姿勢をとると、指先に痛みが走った。絹の手袋に茶色く焦げた跡がつく。

「……わかりました」

最後の忠告すら遮られて、テオドシーネは目を閉じると口をつぐんだ。

もう、ピエトロの心を変えることはできない。

テオドシーネに非はないとはいえ、格下の令嬢に婚約者を奪われ当の王太子から婚約破棄を突きつけられたとあっては、社交界で何を言われるかわかったものではない。

（すぐに屋敷へ戻り、お母様に事の次第を告げ、お父様には使者を出さなくては。前々から準備していたことだわ。しばらくは叔父《おじ》様の治める子爵領で、つつましく暮らしましょう）

気持ちを切り替え、身の振り方を考えようとするテオドシーネの沈黙を、ピエトロとマリリンは勝利の証《あかし》ととらえた。二人で顔を見あわせ、にんまりと笑いあう。

「お楽しみはまだありますわ、テオドシーネ様」

意味深なマリリンの言葉にピエトロが頷《うなず》いた。

「このまま独り身を腐らせては可哀想《かわいそう》だからな。お前には新たな伴侶《はんりょ》を用意した。シエルフィリード・クイン——クイン公爵家の当主だ。どうだ、相手に不満はあるまい？」

この数年の恨みがほとばしるかのような、ねちっこい声色だった。

（ああ、ピエトロ殿下は取り返しのつかないところまできてしまったのね）と心が重くなる。

同時にテオドシーネの心臓を揺らしたのは、伴侶という言葉と、その相手の名。

呆然《ぼうぜん》とするテオドシーネの表情を、周囲の取り巻きは見世物を楽しむかのように軽薄な笑みを浮かべて眺めた。

「シエルフィリード・クイン公爵閣下……」

「そうだ。光栄だろう」

その名はテオドシーネも知っている。〝変人公爵〟と呼ばれる謎《なぞ》多き貴族。

一応は王家の類縁であるものの、領地にこもりきりで滅多に姿を現さない人嫌い。目撃した者の話によればその姿は凶暴で残酷な獣であるとか、いいや巨躯《きょく》を持つ魔人であるとか、領民からうら若き乙女《おとめ》を攫《さら》い生き血をすすっているのだとか、おそろしい噂《うわさ》の絶えない人物で、テオドシーネの物心ついたときには恐怖とともに人々の口の端にのぼっていた。

年齢は十以上も違うはずだ。

そしてまた彼が守るクイン公爵領は、ブレンダン伯爵領やミーア男爵領と同じくレデリア国の西端にある辺境の地で、魔物が徘徊《はいかい》する危険な地域であった。

「王太子として命ずる。テオドシーネ・ユフ、国のため、クイン公爵と結婚せよ」

「公爵閣下には、まだ妻がおられないとか。ぴったりの相手でしょう」

「裏門に馬車が出立を待っている。さあ行け！」

くすくすと笑い声を響かせるマリリンの肩を抱き、ピエトロは頬《ほお》が裂けそうなほどに口角をつりあげた。

## 第一章　噂の裏側

自分が婚約破棄したテオドシーネを、クイン公爵家へと嫁がせる。

（なるほどうまく考えたものね）

テオドシーネは馬車の中でため息をついた。

餞別《せんべつ》という名目のいくばくかの衣装とテオドシーネただ一人をのせ、王都を出てからすでに三日。馬車はクイン公爵領へ入っている。社交界での居場所を失ったと理解はしたが、これほどすばやく王都を追いだされるとは思わなかった。

おとなしく従ったのは、たとえ抵抗しても無理やり連れだされるだろうと考えたからだ。いまだって、王家の紋章付きの馬車を、装備を整えた兵士が護衛の名目で取り囲んでいる。要は監視役で、テオドシーネが望むときに馬車を降りることも許されない。

夜通し進む馬車に揺られながら、テオドシーネはうつらうつらと睡眠をとった。暴れも叫びもせずじっと耐えるテオドシーネの姿に、監視役の兵たちは感嘆の囁《ささや》きを交わしあった。彼らはピエトロに命じられてテオドシーネを護送しているだけで、見下したり蔑《さげす》んだりしているわけではない。むしろ婚約破棄の場にもいた兵士からは、同情的な視線を向けられた。

テオドシーネが自らの意志で公爵領へ向かった時点で、既成事実は作られた。

ユフ侯爵家がテオドシーネを取り戻す算段をしているうちに、口裏をあわせた取り巻き連中がテオドシーネのさらなる罪をでっちあげる。婚約破棄は妥当であったという認識が貴族のあいだに広まれば、体面を重んじるユフ家は娘を諦《あきら》めるしかない。

ピエトロの視界からテオドシーネは半永久的に消えるのだ。〝変人公爵〟へ嫁がせたという、ピエトロにとっては胸のすくような復讐《ふくしゅう》を成して。

――復讐。

よぎった言葉がずきりと胸を刺す。

（私は間違っていたんだわ……）

マリリンを遠ざけようとしたのは、嫉妬《しっと》したからではない。ピエトロのことは政略結婚と割り切っていた。少しでも国のためになるように、浪費を諫《いさ》め、よこしまな考えを持つ者たちにつけ入る隙《すき》を与えてはならないと諭した。

しかし厳しい言葉を投げかけたせいで、ピエトロの態度は変わらないどころか、むしろ自分が拍車をかけてしまったのだ。

（私がでしゃばるようなことをしなければ、殿下は婚約破棄まではなさらなかったかもしれない）

そう後悔しかけ、テオドシーネは首を振った。

（いえ、すぎたことを落ち込んでも仕方がないわ。婚約破棄されたこの身と引き換えに、国王陛下が事の重さに気づいてくだされればそれでいい）

最初からその覚悟で動いていたはずだ。

深呼吸を一つして、うつむけていた顔をあげる。

未来のことを考えなければと自分を叱咤《しった》し、けれどもテオドシーネの顔色はまた暗くなった。

彼女にとって次の懸念は、嫁ぐことになるらしいクイン公爵の人となりである。

王太子から婚約破棄された令嬢を妻として押しつけられる。ピエトロは、クイン公爵をも虚仮《こけ》にしたのである。これで怒り狂わない貴族のほうが珍しいだろう。

（彼が噂《うわさ》どおりの人間で、獣のように恐ろしかったら……生き血を搾りとられでもしたら……）

ぶるっと震えた体を隙間《すきま》から差し込む風のせいにして、テオドシーネは両手で自らを抱きしめた。

馬車の進む道は平らで、広がる畑にまたがって一本道が続く。刈り入れ時の近い小麦が風に吹かれ、ざわざわと音を立てる。

道の先に城壁の灯《あか》りが見えた。城壁に守られた都市の中央に、クイン公爵の住む屋敷がある。さらにその背後には、隣国ヴァルトンとの国境となっているグリーベル山脈がそびえ立つ。

（シエルフィリード・クイン公爵閣下……どんな方なのかしら）

いまはただ、噂が噂でしかないことを祈るしかない。

日は山脈の向こうへ沈み、窓の外を流れる風景はおぼろげになりつつあった。

そのどこかに恐ろしい獣や魔物の影が隠れているように思えて、テオドシーネは視線を伏せた。

◇

テオドシーネの疑問はすぐに答えを得た。

なぜならば、客人の来訪を告げる鐘の音とともに平身低頭の使用人たちに案内され、到着してすぐに公爵本人に目通りすることになったからである。

「すみません、怖い人じゃないんです……」

「怖い人じゃないんです、すみません、すみません……」

「会っていただければわかります、主人は怖い人間ではございませんので……」

下働きの少年にも若いメイドにも、彼らよりずっと年季の入った家令にまで同じ言葉をくり返されて、これで不安にならない者がいれば教えてほしいとテオドシーネは思ったが、一方でほんのわずかに安堵《あんど》もしていた。

彼らの様子からして、怖い人間ではないというのは本当のようだ。なら生き血を搾りとられはしないはず。

ただ、怖くないなら、なんなのだ、と思うのだが――。

「旦那《だんな》様、ユフ様をお連れいたしました」

ノックの音に我に返る。

呼びかけに応じる声は不明瞭《ふめいりょう》だったが、家令は躊躇《ちゅうちょ》なくドアを開けた。

「初めまして、テオドシーネ・ユフと申します」

膝《ひざ》を折り、頭をさげて名乗ったテオドシーネは、「あ、ああ」という声に顔をあげ、目を見開いた。

ドアのすぐ近くに、一人の男が立っている。

その男の頭は、まったく想定外の形をしていた。

「馬……？」

思わず声が漏れた。

はばかるのも忘れてさらにまじまじと見つめてしまう。

馬。馬である。しかし生きたほんものの馬ではなくて、馬の頭の部分だけを再現したかぶりもの。

それをかぶった男だ。

つまりどういうことかというと、馬のかぶりものをかぶった男だ。

かぶりものなら、馬の魔物ではない。

（ああ、私、混乱しているわ）

テオドシーネの髪と同じ栗色《くりいろ》のたてがみ。鼻すじを一直線に通る鼻梁白《びりょうはく》。

睫毛《まつげ》の長いすずしげな馬の目がテオドシーネをまっすぐに見つめている気がするが、完全に気のせいである。あれはガラス玉でできた目で、覗《のぞ》き窓でもないらしい。なんせ馬の目は三五〇度の視野を獲得するために左右についている。人間の目の位置とは違う。

仕立てのよい濃紺《ネイビー》のジャケットにクラバットをまいた優雅な身なりの男。

肩の位置から考えるにヒールを履いたテオドシーネと同じくらいの身長なのだが、首から上が馬のかぶりものなせいで間近から馬に見下ろされており、威圧感がすごい。

馬術の心得はあるし、馬は好きだけれども。

暴れ馬より、人間の男に馬の頭がついているほうが対処に困るのだ、という、人生でトップクラスにいらない知識をテオドシーネは得た。

テオドシーネと馬男は黙って見つめあった。

気が遠くなりそうな沈黙のあと、先に動いたのは馬男だった。

手が頭部へかかり、ゆっくりと持ちあげる。

テオドシーネはふたたび絶句した。

引きあげられた馬のかぶりものからこぼれでたのは、ふんわりとカールを巻いた銀の毛先。

ざんばらに落ちかかる前髪に透かして、同じく銀色の睫毛が伏せられたまぶたの縁を飾っている。

瞳《ひとみ》は淡い灰色……光の加減で銀にも輝いて見える。目元はほんのりと赤く、肌は磨きあげられた大理石のように白い。

悪魔とは真逆の存在――空気を煌《きら》めかすその姿は、無垢《むく》な天使のように見えた。

しかしなぜ馬から天使が出てくるのかがわからない。

まだ目を見開いているテオドシーネの前で、ほとんど唇を動かさないまま、くぐもった声で彼は言った。

「ぼくが、シエルフィリード・クインだ……」

沈黙が二人のあいだをよぎった。

ひょっとすると一瞬意識を失っていたのかもしれない。はっと我に返ったテオドシーネは、耳から入った情報を反芻《はんすう》する。

「シエルフィリード・クイン公爵閣下……？」

道中、何度も不安とともに思いだした名前を、テオドシーネは呼んだ。

クイン公爵は自分よりひとまわり以上も年上のはずだが、彼は同年代にしか見えない。息子ではないのかと訝《いぶか》しむ。しかし息子がいるなら、わざわざ婚約破棄されたテオドシーネを妻に迎える必要もないはずで。

呼ばれてシエルフィリードはびくりと身を跳ねさせる。

赤いまぶちにじわっと涙がにじんだ。

（えっ）

三度目の絶句に陥るテオドシーネ。さっとハンカチをさしだす家令。

シエルフィリードは手をあげて家令の動きを制すると、胸ポケットからハンカチを取りだした。涙を拭《ぬぐ》い、ハンカチを折りたたむ。

その所作は美しい。

銀細工と陶磁器のような色彩のシエルフィリードは、シャンデリアの灯りを受けてキラキラと周囲を輝かせながら立っている。

「失礼した。ぼくがクイン公爵家当主のシエルフィリードだ。このたびは……」

言いながら、今度は顔じゅうが染まる。耳の先から首元まで、見える範囲の肌がまるで咲き誇る

早春薔薇《ピンクローズ》のように色づいた。

呼吸が止まる。

これまでに感じたことのない気持ちが湧《わ》きあがってくる。

(なんなのかしら、これは……)

テオドシーネが答えを出すよりも早く。

シエルフィリードの手が、台に置かれた馬のかぶりものへとのびた。

反対側から家令の手が、たてがみをひしとつかむ。

「旦那様!! なりません!! 奥様がいらっしゃったあかつきには、このお召し物はもうお捨てくださいと申したはずです!!」

「許せ!! 許せじいや!!」

「なりません!! 旦那様!! 旦那様あああ!!」

テオドシーネの目の前で、馬のかぶりものを奪いあう公爵と家令。

その光景は、浮気相手《マリリン》を抱き寄せる婚約者《ピエトロ》の姿よりも斜め上にショッキングである。ピエトロの暴挙についてては予感があったが、この状況は未知の未知だ。

(いったい、どういうことなの……)

いまテオドシーネを支えているのは、次期王太子妃として培った精神力のみであった。

胆力だけで、遠ざかりそうになる意識を引きとめ、両の足で立っている。

状況を把握しないことには、やすやすと気絶もしていられない。

二人の視界に入るよう、手をあげ、左右にふる。

シエルフィリードと家令ははっとしてテオドシーネを振り返った。

「あの、わたくしは気になりませんので……どうぞ、おかぶりになってくださいませ」

本当は気になるどころの話ではないのだが、そう言わねば先へ進まないような気がして。

馬のかぶりものを手のひらで示し、テオドシーネは告げた。


五分後。

椅子に腰をおろしたテオドシーネは、ふたたび馬と向かいあっていた。その後ろでは家令がさめざめと目にハンカチをあてている。

シエルフィリードの表情は読めなかった。ただ馬の顔があるだけだ。

「どこから話せばよいのか……」

「そうですね、まずはその……馬のことからお聞きしてもよろしいでしょうか」

本当ならば、婚姻について尋ねるべきだとは理解しながらも。

なぜ馬でいるかの事情を聞かねばそれ以外の話題に集中できそうになかった。

シエルフィリードは頷《うなず》いた。振動が伝わった馬の頭はさらに大きな首肯を返す。

「これはかぶりものだ」

わかります。と心の中で答える。

「馬でなくてもいいのだ。虎《とら》でも、ドラゴンでも、ゴブリンでも」

わかりません。

「ぼくは……幼いころからなぜか誘拐されることが多く……」

「——事情はわかりました。ええもう一瞬で」

ぐす、と馬の中から鼻音を立てるシエルフィリードを遮り、テオドシーネは頷いた。

「それで幼いころからかぶりものをつけてすごされ、自分自身を守るために外出もひかえ、領地経営に打ち込んでこられたのですね。ついでに人間不信でいらっしゃる？」

「そ……そのとおりだ！」

栗毛の馬の顔がぴこんと揺れる。自分の境遇を理解してもらえたのが嬉《うれ》しいのだろう。なんとなくガラス玉の目が輝いているように見えるが気のせいだ。

しかしすぐに、馬はふたたびうなだれた。

結局のところかぶりものをしなければ人と対面できない自分を嫌悪しているのだろう。家令が結婚を機にお召《かぶ》し物《りもの》を捨てるように言ったのもそういうことだ。

(そうだわ、結婚の話をしなくては)

テオドシーネは顔をあげたが、シエルフィリードの馬は少しひらいた口蓋《こうがい》から長いため息を吐きだした。

「本当に、自分が情けなくてたまらない。……もう三十二にもなるというのに」

くぐもった声は、先ほどよりもいっそう聞こえづらかった。

聞き間違いであろうと、テオドシーネは信じた。

「申し訳ありません、いまなんと？」

「自分が情けなくて」

「いえ、お歳《とし》が」

「数えで三十二になる」

「三十二……」

どうやら噂の〝変人公爵〟と実際のシエルフィリード・クインは違うようだ。年齢も齟齬《そご》があったのだろう――そう納得しかけたテオドシーネの常識を、実年齢の半分の歳にしか見えない公爵はあっさりと覆してしまった。

両手をのばして、むんずとかぶりものを取りあげる。

「ひゃっ⁉」と驚きの声をあげるシエルフィリードを、テオドシーネは再度まじまじと見つめた。縋《すが》るようにソファの背に抱きつき、狼狽《ろうばい》した視線をよこす彼の瞳は、やはり無垢な輝きに満ちている、と思う。

「三十二？　十六じゃなくて……」

「さ、三十二だ」

言葉遣いも忘れ、じっとりとした視線を向けるテオドシーネにシエルフィリードもおずおずと返事をする。ここまで年齢を詰められた経験は彼にはなかった。

国境の先、魔物たちの住む荒野を越えたさらに果ての東の国には、妖人《エルフ》が暮らしているという。彼らは人間と同じような姿かたちをしているのだが見目はすぐれて美しく、しかも長寿なので人の目からはほとんど歳をとらぬように見えるらしい。

シエルフィリードはその類《たぐい》ではなかろうか、とテオドシーネは考えた。

自分を婚約破棄したピエトロのことは、いつしか頭から吹き飛んでいた。

◇

テオドシーネには広々とした貴賓室が与えられ、専属の侍女がついた。

侍女はリュシーとエリーという名の若い二人で、双子だという自己紹介のとおり、翌朝になると息のあった動作ですばやくテオドシーネの身支度を整えた。

「お化粧を失礼いたします」

「髪型はどのようにされますか？」

「ええと……一つにまとめてくれるかしら」

一瞬悩んで、テオドシーネはいつものように答えた。

「はい、承知いたしました」

正面を向けば、鏡に映る自分の平凡な容姿に苦い笑みが漏れそうになる。

常にアップにまとめた髪は、正装に準じる意味もあるが、おろしてもただまっすぐなだけで面白みのない栗色の髪を飾りたいとは思えないからだ。テオドシーネの髪を懸命に飾り立てても、ピエトロの煌めく金色《こんじき》の髪には及ばない。

そう考えて、昨夜のシエルフィリードの姿が思い浮かび、テオドシーネは真顔になった。ピエトロは、シエルフィリードの素顔が自分を超える美貌《びぼう》の主だとは知らないのだろう。そうでなければテオドシーネを嫁がせようとは思わない。

（ピエトロ殿下は、なんと言って私を押しつけたのかしら）

昨夜のシエルフィリードを見れば、虚仮にされたクイン公爵が怒り狂うという展開はなさそうだが、別の不安が色々と湧きあがる。

できるだけクイン家に迷惑のかからないようにしたい。

鏡の中にできあがってゆく見慣れた自分を見つめ、テオドシーネは小さく息をついた。

朝の支度を終えたテオドシーネを迎えにきたのは、昨夜シエルフィリードと馬のかぶりものを奪いあっていた家令だった。

「あらためまして、家令のセバスチャンと申します。この屋敷の使用人を取りまとめ、主に財政面で旦那様の領地経営のお手伝いをいたしております」

セバスチャンは白いものの交じる頭を深々とさげて挨拶《あいさつ》した。

テオドシーネも軽く会釈をして応じる。

「本日はユフ様に、屋敷のご案内をさせていただきます」

「ありがとう。でも、それはお断りします」

きっぱりと答えれば、セバスチャンは戸惑いの表情で顔をあげた。と思えば、手袋を嵌《は》めた手がこぶしを握り、ぷるぷると震える。

「や、やはり……馬が、馬が悪かったのですね」

「あ、いえ、そこは――」

「しかし主人にはよいところもたくさんあるのです！　時間はかかりますが、必ずご理解いただけると存じます」

「違うの！　公爵閣下のせいではありません」

思わず強く否定すると、セバスチャンも我に返って姿勢を正した。

「申し訳ありません。ではほかに至らぬ点がございましたか」

「クイン家の皆様には何も。これは私の問題です。その……私について、公爵閣下はどのように聞いていらっしゃるのでしょうか」

表情を曇らせたテオドシーネの問いに、セバスチャンも彼女の懸念に気づいた。視線を伏せ、テオドシーネをはばかるようにセバスチャンは告げる。

「率直に申しあげますと、あのスットコドッコイ……いえ、王太子殿下からは、使者がまいりまして」

（スットコドッコイ？）

「〝素行の悪さで婚約破棄された令嬢を引きとってくれ〟とナメた口を利かれ……いえ、うかがっておりました」

（ナメた口を……）

「もちろん、ユフ様がそのようなお方ではないと、一目お会いしてわかりました。王太子殿下は何か思い違いをなさっておられるのでしょう。人を見る目をお持ちではないようですから」

眉《まゆ》をさげおろおろとした顔で毒舌をまぜ込んでくるセバスチャンは、もしかしたら相当な人物なのかもしれない。

ひとまず一部は聞こえなかったことにして、テオドシーネは顔をあげ、セバスチャンを見つめる。

「セバスチャン。私を婚約破棄したのは、ピエトロ殿下なの」

セバスチャンが目を見開く。

さすがに自分が婚約破棄した令嬢を押しつけるとは、ピエトロも言えなかったようだ。

声が震えそうになるのを耐え、テオドシーネはこれまでのいきさつを語った。

「私をこの屋敷に置くことは、クイン公爵家にとってよいことではないわ」

ピエトロに命じられて、彼の取り巻きたちはテオドシーネの悪い噂を国じゅうに流すだろう。当然ユフ家は対抗するが、汚名を雪《すす》ぐのには時間がかかる。その間、〝変人公爵〟の仇名《あだな》も面白おかしく喧伝《けんでん》される。

クイン家はピエトロの気まぐれで巻き込まれたにすぎない。それでもこれから、社交界の注目はシエルフィリードに集まる。テオドシーネに会うだけであれほど怯《おび》えていたシエルフィリードに、大きな負担をかけてしまうことになる。

なんだかそれは……小動物をいじめているみたいで、とても心にくる。

「私は王都のユフ家に戻るつもりです。噂が広がらないうちに私がいなくなるのが、クイン家と公爵閣下のためでしょう」

「ユフ様」

平静を取り戻したセバスチャンは、落ち着いた声で語りかけた。驚きに開いていた目は細められ、やさしいほほえみに変わる。

「訪れ間もないにもかかわらず、さように主人やクイン家を思いやってくださること、感謝の念にたえません。ですが――」

セバスチャンは胸の内ポケットからベルを取りだすと、左右に振った。チリンチリンという涼やかな音とともにリュシーとエリーが駆けつけてくる。

「ユフ様を旦那様のお部屋へ」

本当はセバスチャンが支えたいが、男性使用人が女性貴族に触れることは許されていないがゆえ。笑顔の双子に両側からがしりと手を握られ、腕もとられ、エスコートというにはものものしい体勢になる。

「セバスチャン!?」

「シエルフィリード様は、それはもうかわいくて、儚《はかな》くて、頼りなげに見えます。ですが」

驚きの声をあげるテオドシーネに、セバスチャンは真剣な表情で向きあった。

「主《あるじ》は、正義を間違えるお方ではありません」


テオドシーネから事情を聞いたシエルフィリードは、一つ頷くと、

「ユフ嬢にはクイン家に滞在していただく」

きっぱりとそう告げた。

「話を聞く限り、どちらに非があるかは明白だ。ユフ嬢の名誉回復のため、クイン家は全面的に協力しよう。正道を成すのが騎士の務め」

淡灰の瞳はセバスチャンと同じく真摯《しんし》で、寄せられた眉根《まゆね》は彼の高潔さを表している。

「王都のユフ家に戻れば、命令を聞かなかったとして、ピエトロ殿下はさらにあなたを責める口実を得るのではありませんか」

たしかにその懸念はある。国王陛下とユフ侯爵が帰国するまで、クイン家に匿《かくま》われたほうがテオドシーネにとっては安全だ。

しかしそれよりも、テオドシーネはシエルフィリードの姿が気になって仕方がなかった。

きりりと険しい表情のシエルフィリードが身を起こしているのは自室のベッドだ。そしてその身にまとうのは、

（羊さん……羊さんなのかしら……？）

もこもこの羊毛で編まれた寝間着らしきものは上下がつながっており、フードまでついていて、すっぽりと全身と頭を覆っている。

フードからぴょろんと垂れるのはたぶん耳。その上にくるんとついているのはたぶん角。真っ白な袖《そで》は手の甲まで覆い、物をつかみやすいよう指先だけが出ている。

何が問題かって、あざといまでのその衣装が似合ってしまっていることだ。リュシーとエリーが両

側から支えてくれていなければ、部屋に足を踏み入れてシエルフィリードを見た瞬間に膝から崩れ落ちていた。そういう配慮だったのかといまさら感心する。

ドッドッドッと馬の駆けるような動悸《どうき》を引き起こしながら、テオドシーネは口を開く。

「あの……公爵閣下はどこかお具合が……？」

昼間から暖をとってベッドに横になっているということは、体調がすぐれないのであろう。ベッドサイドには薬湯らしきポットも置かれている。

体調を崩しているのであれば、ますます厚意に甘えるわけにはいかない。

非常識な光景からテオドシーネが導きだした常識的な答えは、当たりだったようだ。

途端に、しゅん、とシエルフィリードが肩を落とす。羊毛仕立ての耳と角がほよんと揺れた。

「つくづく申し訳ない。その、貴族の方に会うと、その夜は寝つけなくなる」

おかげで翌日には体調を崩すのだとシエルフィリードは言った。

「もちろんユフ嬢のせいではない。ぼくの心の弱さが招いたことだ。目を閉じると自分の情けない姿がまぶたの裏によみがえってきて……」

弱々しいシエルフィリードの言葉に、テオドシーネは飛ばしかけていた魂をたぐりよせて顔をあげた。反対にシエルフィリードはもこもこの袖に顔を伏せている。真《ま》っ赤《か》な耳だけが見えていた。

煌めく銀色の髪も、ピエトロを凌駕《りょうが》する整った顔立ちも、テオドシーネが求めても手に入らなかったもの。それらを持ちながら、シエルフィリードは顔を隠すのだ。

（たしかに、情けないわ）

　これまでのテオドシーネなら、叱《しか》っただろう。公爵閣下にあるまじきことです、地位にふさわしい振る舞いをなさいませ、などと言って。実際ピエトロにも、王太子としての振る舞いを何度も求め、衝突した。

　しかし婚約破棄されたいま、心のうちに責める気持ちは湧いてこなかった。

　それは、ベッドの隅で震えているもこもこな物体があまりにも愛らしいという理由もあるが。

「……わかります。そのお気持ち」

「え？」

　もこもこの向こうからくぐもった声が漏れた。両わきを固めてくれていた侍女がさっとさがったので、テオドシーネはベッドへと一歩踏みだした。

「なにか失態をしたのでは、失言をしたのではと、思い返してしまうのですよね。告げた言葉はふさわしかったのか、声色は、表情は？　そして理想とは程遠い自分に打ちのめされる」

　覚えのあることだ。次期王太子妃として振る舞わねばならなくなった日から、テオドシーネの言動は常に他人の目に晒《さら》され続け、少しでも隙があれば口さがない噂を立てられた。

　そうしていつしか心の中に、自分を苛《さいな》む声が棲《す》みついてしまった。

　いまもその声はある。やはりテオドシーネでは王太子妃など務まらなかったのだと声高に語りあう貴族たちの声が聞こえてきそうだ。

「ユフ嬢……」

　シエルフィリードは顔をあげ、濡《ぬ》れた瞳でテオドシーネを見た。

（ピエトロ殿下のおっしゃるとおり、私はマリリンに嫉妬していたのだわ）

でもそれは、ピエトロの愛情を得たことへの嫉妬ではなく。

誰《だれ》に何を言われようと望むとおりにわがままを貫き通せる身勝手さへの嫉妬だった。そして同じ憤りを、テオドシーネには王太子妃にふさわしくなれと言いながら、規範を示してくれないピエトロにも感じていた。

「君はぼくを笑わないのか？」

かすれた声で尋ねるシエルフィリードに、テオドシーネは苦笑いを浮かべた。

正直なところ、情けない、とは思う。けれど。

昨夜、シエルフィリードはクイン家の当主にふさわしい態度でテオドシーネを出迎えようとした。

それがやり遂げられなかったとしても。

「努力を笑うようなことはいたしません」

シエルフィリードは、ピエトロよりも美しい容貌《かお》を得ながら、己を恥じて泣くのだ。

どうしてその姿を嘲笑《わら》えるだろう。

「ユフ嬢……」

テオドシーネを見上げるシエルフィリードの瞳から、ひと粒の涙があふれて頬《ほお》を伝った。濡れてやんわりと染まった頬は果実のように瑞々《みずみず》しい。

（う……ッ）

またよろめきそうになるテオドシーネを、すぐさまリュシーとエリーが支える。よくできた侍女たちである。

（絵面の破壊力がすごい）

昨夜、ときめきを感じてしまったのは気のせいではなかったらしい。目の前の男が……身分相応にも歳相応にも見えず、かわいらしく、とにかく情けないシエルフィリードが、とてもいじらしく思えるのだ。

跳ねまくる心臓に、（自分にこんな趣味があったなんて）と内心で頭を抱えた、そのときだった。

「旦那様!!　ブレンダン領から危急の使者が！」

「公爵閣下……!!」

焦った声とともに扉が叩《たた》かれる。

あいかわらず二人の侍女に腕をつかまれていたテオドシーネは、正面からはっきりと見た。

涙を拭い、真剣な表情になったシエルフィリードが「入れ」と鋭い応えを返すのを。

あとはもう、突風のようだった。

セバスチャンがすばやく天蓋《てんがい》の幕を引いた。シエルフィリードの姿が隠れたことを確認し、扉を開ける。青ざめた兵士が、クイン家の従者に支えられながら部屋へ入ると、ひざまずいた。

「申しあげます！　ブレンダン伯爵領西辺、グリーベル山脈より、魔物の群れが侵入！　一体はドラゴンと思われます！　どうか、救援を……！」

「すぐ行く。馬で先導してくれ」

「はっ！」

兵士はふたたび従者に導かれ、あっというまに部屋を連れだされた。同時に天蓋の幕が開く。愛らしい見た目から一転、まなざしを氷のように鋭くしたシエルフィリードは、セバスチャンを伴い部屋を出ていく。

その間、数秒。手慣れた使用人たちは、シエルフィリードの姿を晒すことなく、緊急性を損なわず、そつなく対応したのだ。

もこもこの寝間着についた尻尾《しっぽ》が揺れながら扉の向こうに消えるのを、テオドシーネはぽかんと口を開けて見送った。

それから、はっと我に返って駆けだす。

「待ってください！　私も行きます」

「いえ、危険ですからユフ様はこの屋敷に……」

「お願いします！」

止めようとするリュシーとエリーの手をすり抜け、テオドシーネは廊下へ出た。

シエルフィリードが治めるクイン公爵領は、ブレンダン伯爵領に隣接している。魔物の出没はグリーベル山脈の近隣に領地を持つすべての貴族の悩みの種であり、国家の関心事である。だからこそブレンダン伯爵は中央での権力を手に入れた。

討伐には領地の存亡もかかっているから、周辺領が協力しあうのは当然だ。

（魔物の討伐については近隣領で協定を結び、相互に救援を送りあっている。作戦が大規模な場合は王立騎士団も動くものだと学んだわ）

王太子妃になるための教育で、そうした体制のことは頭に入っている。

だが、ブレンダン伯爵の令息ジェイネスは、王都で婚約破棄の場に居あわせたピエトロの取り巻き筆頭だ。マリリンの実家ミーア男爵家も西辺貴族の一つ。

（私が〝変人公爵〟へ嫁げと言われたとき、彼らはピエトロ殿下とともに笑っていた）

魔物討伐のために手を結んだ家に対する態度とは思えない。

疑問はもう一つある。

（ドラゴンが現れたなら、王立騎士団にも通報が行くはず）

幼い個体であっても、町ひとつ破壊することもある。それがドラゴンだ。シエルフィリードや周囲の冷静な反応は、初めてとは思えない。

しかし王都にいたテオドシーネの耳に、ドラゴン出現の急報など届いたことがなかった。

◇

馬を駆り、ブレンダン伯爵領の国境付近に到着したのは一刻後のことだった。金属が擦れあうような耳障りな音があたり一帯に響いている。

「ドラゴンの鳴き声です。いまは警戒して森から出てきません。人里におりる前に山の向こうへ戻ってくれりゃあいいんですが……」

テオドシーネの護衛役となったのはロドリオ・アンドローブという名の騎士で、騎士団の副団長だという。彫りの深い顔立ちに額からこめかみにかけての古傷。筋骨隆々とした体躯《たいく》は浅黒く日に焼け、その上に軽鎧《けいがい》をまとい、通常のものより厚めの剣を腰に帯びている。明るい茶の短髪ににっかりと歯を見せる笑顔は裏表がなさそうだが、同時に緊張感もなさそうだとテオドシーネは眉をひそめた。

ロドリオだけではない、偵察兵と見える者たちも、危機があるはずの森ではなく、天幕へとそわそわとした視線を向ける。

テオドシーネは森を眺めた。

刺々《とげとげ》しく並んだ針葉樹の梢《こずえ》が揺れ、ドラゴンが顔を出す。広げた翼が周囲の樹々をなぎ倒し、全身を守る赤銅の鱗《うろこ》が鈍く光っている。頭部は結晶のような無数の角に覆われ、長くのびた口吻《こうふん》には牙《きば》が二重の列をなす。その牙をすりあわせて警戒音を発しているのだ。

（あれは……赤炎竜《ルビコニアス》？）

博物誌でしか見たことのない姿にテオドシーネは息を呑《の》む。赤炎竜《ルビコニアス》、通称赤竜は、眷属《けんぞく》である火蜥蜴《サラマンダー》を連れ、長い首をゆったりとまわしてあたりを睥睨《へいげい》している。ドラゴンを含む魔物の群れとはそのことだろう。

「ドラゴンといえば最も危険な魔物でしょう？　何か策はあるのですか？」

畑にはいま、刈り入れを待つ小麦が実っているのだ。森を抜けた赤竜が火を噴けばひと息で作物はだめになってしまう。

棘《とげ》を含んだ声色に、テオドシーネの懸念を感じとったロドリオは頭をかいた。

「ああー……ゆるんでいますよね。申し訳ありません。シエルフィリード様が到着されたので、つい」

どういう意味かと尋ねるより早く、天幕から巨大な影が現れた。

ロドリオを圧倒するほどの長身を白銀の鎧で覆い、大剣を背負っている。兜《かぶと》の奥に隠れた表情は読めず、目の色すらわからない。

にもかかわらず、わあっとあがったのは歓声だった。爆発的なよろこびの声が、その騎士に向かって投げかけられる。

「シエルフィリード様！　シエルフィリード様！」

「シ、シエルフィリード様!?」

兵たちがいっせいに呼ぶ名にテオドシーネは目を白黒させた。シエルフィリードといえば、先ほどクイン公爵家の屋敷でもこもこの羊パジャマに覆われて泣き濡れていた少年のような人物のはず。視線の先にいる騎士は、体積でいえばシエルフィリードの三倍はありそうだ。

「シエルフィリード様がいらっしゃれば、ドラゴン一匹などものの数ではありませんから！」

ロドリオも頬を紅潮させながら鎧の騎士に手を振る。まるで芝居俳優に熱狂する少女のようである。

「シエルフィリード様あー！」

「待って、あの方がシエルフィリード様だというの？」

まだ状況についていけないテオドシーネの眼前で、シエルフィリードと呼ばれた鎧の騎士は地面を蹴《け》った。

ふわりとマントを翻《ひるがえ》し、まるで重い鎧などつけてないかのように大男は宙を舞う――否、よくよく目を凝らせば、彼の足元には透明な道があった。

朝の光にキラキラと輝くそれは、

「氷……？」

シエルフィリードが手を振るたび、指で空間を指し示すたび、見えない精霊たちがかしずくかのようにそこに氷の道が生まれる。氷魔法、それもかなりの使い手だ。

彼のまとう白銀の鎧とあいまって、まばゆいばかりの光景は、神々しくさえあった。

瞬く間に赤竜の目線に駆けあがった大男は、背中の大剣をつかむと鞘《さや》から抜き放った。

凛《りん》とした声が冷えた空気を割って届く。

「退《ひ》け！　退けば我らは後を追わぬ！」

その声はたしかにシエルフィリードのものだった。

「グオォォオォ……！」

応えるように、赤竜の口から深い洞窟《どうくつ》を風が吹き抜けるような唸《うな》りが響いた。赤銅の鱗が熱を帯びて鮮やかな色に染まる。大きく開いた口の喉《のど》の奥に、渦巻く紅炎が見えた。

次の瞬間には炎は火の粉をあげてシエルフィリードに直進した。

「シエルフィリード様が！」

悲鳴をあげたテオドシーネの目が、見開かれる。

だが炎に呑まれることなく、シエルフィリードは宙に立っていた。彼の周囲には氷の壁が張りめぐらされ、阻まれた炎は勢いを失ってゆく。

「氷よ――」

シエルフィリードが手をかざすと、空中にいくつもの氷塊が現れた。空気の凍る音が響く。

「矢となりて彼《か》のものを貫け」

シエルフィリードが手を振りおろす。鋭く尖《とが》った氷の矢が、炎を裂いて赤竜に降り注いだ。

「ギャアア、ガアアアア!!」

のたうつ赤竜の体から、しゅうしゅうと幾すじもの蒸気があがる。欠けた鱗が光を反射してあたりにとびちる。灼熱《しゃくねつ》の鱗は色を失い、もとの赤銅へと戻っていく。

ロドリオや周囲の兵たちの態度の理由を、テオドシーネは知った。

魔法で生みだされた炎や氷は、魔力量によって強さが決まる。魔力をより多くこめれば、氷壁はより強固に、赤竜の炎を打ち破るほどになる。

「——もう一度言う」

変わらぬ声の響きに、赤竜は悔しげな呻《うめ》きをあげた。

「退け」

「グガァ……ッ！」

ふたたび赤竜の鱗が激しく燃え、戒めの氷が溶かされる。巨大な体全体で押し潰《つぶ》すように、赤竜はシエルフィリードに迫った。

「……っ！」

思わず身構えるテオドシーネだが、視界の中のシエルフィリードは冷静だった。

突進する赤竜の頭を踏みつけ、軽い身のこなしで体をひねると、新たに出現させた氷の足場を踏みしめる。

「うおおおっ!!」

大剣を振りあげシエルフィリードが放った雄叫《おたけ》びが、山々にこだました。

一閃《いっせん》は、氷の鋭さを含んで赤竜の背を長く切った。

「ギャアン!!」

今度こそ強さの違いを悟ったのだろう。甲高い鳴き声をあげ、赤竜は尻尾を見せて逃げだした。シエルフィリードとは真逆、グリーベル山脈の方角へ飛び去っていく。枝葉の陰から後を追う火蜥蜴《サラマンダー》たちの赤い影がちらちらと覗いた。

山間へと消える赤炎竜《ルビコニアス》を高い位置から見送ったシエルフィリードは、地上におりるとまたすぐに天幕へ入ってしまった。

その背を追うように、陣内はさらなる歓声に沸いた。兵士たちは口々にシエルフィリードを褒めそやす。その中でも最も興奮しているのは、テオドシーネの隣のロドリオである。

「かあ――ッ！　やっぱりシエルフィリード様はかっこいいなあっ！　ご覧になりましたか、あの軽やかな動き!!　魔法のキレ!!　赤竜に対峙《たいじ》したときの迫力、凄み!!」

「え、ええ……」

別人のようだった、とはいえずにテオドシーネは曖昧《あいまい》な頷きを返した。むしろ、顔も見えず体格も異なる鎧の騎士はシエルフィリードとは違う人物ではないかと疑っているくらいだ。

「おまけに周辺領も守ってやろうという騎士道精神！　まったく、ブレンダン領の腰抜け騎士どもに

も見せてやりたいですよ」

「ブレンダン伯爵は自身の騎士団を持っていないの？」

「持っていますよ。でも小さすぎて魔物の相手はできません。周辺領の発展なくしてクイン領の発展もないからって、こうしてシエルフィリード様が討伐の肩代わりを」

呆《あき》れたように首を振るロドリオの態度は、救援要請が常態化していることを示している。思い返せば、ブレンダン領への行軍も慣れたものだった。

「まあ……まさか、無償で？」

「いえ、さすがに出陣にかかった金は請求していますよ。魔物を討伐した場合には、向こうが後処理をすることになっていますし」

ほっと安堵《あんど》の息をつきつつ、それなら余計に、シエルフィリードを軽んじるジェイネスたちの態度は理解ができない。ジェイネスだけではない。マリリンや、ピエトロもだ。

（シエルフィリード様に領地を守っていただいていることを、知らないのかしら……知らないのね）

テオドシーネは眉をひそめる。

テオドシーネだって知らなかった。ただ教科書どおりに文字の羅列を覚えて満足していた。

天幕へ入ったテオドシーネを迎えたのは、銀鎧の騎士。ただし巨躯と見えた体つきは、しぼんでしまったように普通のサイズに戻っている。

圧倒的な戦いぶりに別人ではと疑ったテオドシーネだったが、脱いだ兜から出てきた頭はゴブリンだった。

（シエルフィリード様だわ）

不敬とは知りつつゴブリンに手をかけ、すっぽりと引き抜くと、今度こそシエルフィリードの顔が現れた。

「あっ、な、何を」

「無事のお帰り、よろしゅうございました」

慌てたシエルフィリードは、頭をさげるテオドシーネの言葉に動きを止める。

「……ユフ嬢も、無事でよかった」

うつむき、小さな声で応えるシエルフィリードは、やはり大剣を軽々と引き抜き氷魔法で赤竜を退けた騎士と同一人物とは思えない。むしろお伽話《とぎばなし》でドラゴンに攫《さら》われる側の美少女だと思う。

呆《ほう》けて返事のできないテオドシーネに、シエルフィリードは「あっ」と小さく声をあげ、

「ぼ、ぼくがこういう人間だということは、兵士たちには内密に……士気がさがるだろうから」

（ある意味あがるような気もいたしますが）

顔を赤らめて困ったように視線を逸《そ》らすシエルフィリードは可憐《かれん》だ。

「先ほど体が大きく見えたのは……？」

「周囲に氷の粒を浮かせて、屈折による錯覚を起こしている」

「ああ……」

テオドシーネは頷く。

シエルフィリードがすぐに空中へ駆けあがったのも、白銀の鎧をまとっているのも、錯覚の効果を大きくするためだ。テオドシーネ自身も、眩《まぶ》しさに目を細めた。

「そのようなことをしなくとも、兵士たちはシエルフィリード様を敬愛しています」

ロドリオの熱狂ぶりは大袈裟《おおげさ》なものではない。ほとんどの兵士が似たようなものだった。

しかしテオドシーネの言葉に、シエルフィリードは驚いたように顔をあげた。

「ぼくを？　まさか！　こんなに頼りない外見の将についていきたいと思う兵はいないよ」

叫んだシエルフィリードは、テオドシーネの手からゴブリンのかぶりものを奪い返すと装着する。

白銀の美形騎士が、あっという間にゴブリン騎士になってしまった。

「ぼくの顔を見たら、みんな失望する」

鎧ごしにもわかるほど肩をすぼめ、ゴブリンが長い長いため息をつく。

（何を言っているのかしら、この人）

胡乱《うろん》な目を向けてしまいそうなテオドシーネの視界に、天幕の隅で目元にハンカチをあてるセバスチャンが入った。かぶりものを捨てるように言ったときと同じく、「何度も申しあげているのですが、聞き入れてくださらず……」の顔だ。

どうやらシエルフィリードは、本気で己の能力を自覚していないようだ。

◇

ブレンダン家の騎士団が隊列を成してやってきたのは、魔物の脅威が去ってからのことだった。シエルフィリードは事後処理をブレンダン家に任せ、クイン家の騎士団は引きあげさせた。そのままほとんど休息なく帰路についたものの、いまはもう日が暮れようかというところ。

屋敷へ戻ったシエルフィリードとテオドシーネを、魔物討伐のあいだに王宮から届けられたという婚姻誓約書が出迎えた。

『忘れ物だ』とそれだけ、言伝があったという。

上等な羊皮紙を前に、テオドシーネは頭を抱えた。

貴族同士の結婚は、王家の承認を要する。勝手気ままに婚姻関係を広げられては、王家に敵対する勢力となるかもしれないからだ。

王印の捺《お》された婚姻誓約書は、王家が結婚を認めた証《あかし》なのだが――。

(国王陛下が外遊に出ておられる以上、これを送ってきたのはピエトロ殿下ね)

早く命令を遂行しろという圧力だ。テオドシーネがあたふたする様子を想像して、にやつきながら送ってきたのだろう、とため息をつく。

ピエトロの期待を裏切って、狼狽しているのはシエルフィリードだ。誓約書を持って突っ立ったままぷるぷると震えている。ちなみに現在のシエルフィリードは、天幕に引き続きゴブリンのかぶりものをしている。頭のすべてをすっぽりと覆うかぶりものではあるが、顔の作りは人間に似ているため、目と口の部分には穴が開いており、表情の一部を窺《うかが》うことはできた。

「ユフ嬢の婚約破棄が謂《いわ》れのないものであるなら、まずその誤解を解くところから始めなければならないだろう。ぼくと結婚だなんて……」

テオドシーネへの思いやりに見えて、もぐもぐと煮えきらない言葉を紡ぐゴブリンへちらりと視線を送ると、テオドシーネはもう一つつきそうになったため息を押し殺した。

婚姻誓約書をもてあましたシエルフィリードは、かぶりもののせいで視界が悪いのか誓約書を取り落としそうになって慌てて風を起こして巻きあげ、今度は天井近くまで飛んでいった誓約書を取ろうと懸命に跳ねまわり……まるで玩具にじゃれる猫のようだが、ゴブリンである。

(風魔法まで使えるじゃないの)

また頭を抱えたくなってぐっと我慢する。

ちょっとした火花を熾《おこ》す程度のピエトロが魔法の才を賞賛されているのは、そもそも魔法を扱える者が貴族の中でも数パーセントの希少さゆえだ。二種類の属性魔法を使いこなし、ドラゴンを単独で撃退できる英雄など神話の中にしかいない。

テオドシーネの優秀な頭脳は、徐々に状況を理解していった。

王都まで魔物の報が届かないのは、シエルフィリードがすべて撃退していたから。さらに言えば、十年前までレデリア王国と隣国ヴァルトン王国との関係は緊迫していて、諍《いさか》いや略奪が絶えなかったと聞く。

ヴァルトンがレデリアに手出しできなくなったのは、シエルフィリードがグリーベル山脈へ、つまりヴァルトンとの国境へと魔物を追い返しているからだ。魔物のテリトリーを脅かしすぎないようにというやさしさからだろう放逐は、思わぬ効果を生んでいる。

ヴァルトンがレデリアを攻めるには、魔物の棲むグリーベル山脈を越えなければならず、そのうえどの領地へ進もうともクイン公爵家の騎士団がすぐに駆けつけてくる。

国防上最重要拠点をシエルフィリードが押さえていることで、レデリア王国の平穏はたもたれているといっても過言ではない。

ブレンダン伯爵や周辺領のほかの貴族たちは、そのことを意図的に隠している。シエルフィリードが王都とのつながりを絶っているのをよいことに、勝手な噂を吹聴して名を貶《おとし》め、自分たちが国境の防衛に大役を買っていると、手柄を横取りしていたのだ。

彼らは魔物や隣国ヴァルトンの侵入を何度も撃退したと報告し、その報奨金や魔物からとれる素材を売った金で中央に乗り込んできた。

(国王陛下も、お父様も、国境周辺の実情を知れば驚かれるでしょうね)

クイン公爵家を確実にレデリア王国につなぎとめるべく、懐柔にのりだすに違いない。中央の貴族と婚姻を結ぶことも、もちろん懐柔策の一環として挙げられる。

王命でなくとも、シエルフィリードの本当の姿を知れば、彼を〝変人公爵〟と蔑んでいた王都の令嬢たちだって、色めき立って妻の地位を望む。

美しくて、強くて、そして心底かわいらしいシエルフィリード。

「……」

なぜだか心に靄《もや》がかかったようになり、テオドシーネは眉をひそめた。

「ユ、ユフ嬢？　やはり君も、こんなところにはいたくないだろう……？」

「いいえ」

首を横に振り、同時に奇妙な心持ちを振り払い、テオドシーネはゴブリンの頭をわしづかんだ。すぽーんと抜けたかぶりものの下から、麗しい美貌が現れる。

「わああっ！」

「シエルフィリード様」

声に出して、テオドシーネはいつのまにか自分がクイン公爵という肩書ではなくシエルフィリードの名を呼んでいたことに気づいた。

「な、なんだ？」

両手で顔を隠してしまったシエルフィリードは、指の隙間からおそるおそる窺うように返事をする。

（そうだわ、シエルフィリード様は若い女性は苦手でしょうし）

妻候補の令嬢が大挙して押しよせればシエルフィリードは怯えてしまう。そのことに懸念を覚えているのだ、と自分に言い聞かせる。

「私は王都へ戻るつもりでした。シエルフィリード様や、クイン家の皆様にご迷惑がかかってはいけないと考えておりましたので」

「それは、気にしなくていいと――」

「はい。考えをあらためました」

背すじをぴんとのばし、テオドシーネはシエルフィリードをまっすぐに見つめる。

「シエルフィリード様。私と結婚していただきます」

「――……」


銀の目が、大きく見開かれた。

シエルフィリードの手から婚姻誓約書が離れ、ひらひらと舞う。床に落ちた誓約書を拾いあげ、テオドシーネは「セバスチャン」と呼んだ。老練な家令はすぐに意を汲《く》み、ペンとインクをさしだしてくれる。

鵞鳥《がちょう》の羽根でできたペンをインク壺《つぼ》に浸し、テオドシーネはひと息にサインを綴《つづ》った。

正式な婚姻のためにはユフ侯爵家当主である父のサインも必要だが、反対はされないはずだ。

「さあ、シエルフィリード様」

振り向いて、テオドシーネは首をかしげた。

目を見開いたまま硬直しているシエルフィリードから、反応はない。

どうやらシエルフィリードの意識は、遠く空の向こう側へと飛んでいってしまったようだった。


あっさり誓約書にサインをしたテオドシーネに、意識を取り戻したシエルフィリードは恐慌をきたした。

「よいですか。二種類の魔法を実戦に役立つほど使いこなせる貴族はシエルフィリード様のほかにおりません。ドラゴンに一撃浴びせることのできる騎士もおりません。そのうえ騎士団からも慕われている。馬車から拝見したかぎりクイン領は安定したよい統治が布《し》かれています。あなたはレデリア王国に欠かせない存在です。現在のシエルフィリード様は周辺領主たちにより不当な評価を負っています。私の父、ダニエル・ユフは宰相です。国王陛下の信任も厚い。私を妻とし、ユフ家とのつながりを作ることで、クイン家は周辺領の謀略を跳ねのけることができます」

シエルフィリードが類まれなる人物であること、クイン家の置かれた状況や、テオドシーネとの婚姻が切り札になる可能性をつらつらと説いたものの、「一生の選択をこんなふうにするものではない」「誓約書にサインをしたらもう取り消せない」「なにより、その相手がぼくだなんて……」と涙ながらに言い聞かされ、婚姻誓約書は丁寧に鍵《かぎ》付きの戸棚の奥へ片付けられてしまった。

よたよたと自室へ戻っていくシエルフィリードは、また寝込んでしまうかもしれない。少しだけ申し訳ない気持ちになる。

一方の使用人たちは、主人にやっと訪れた結婚のチャンスを逃がす気はないのだろう。おまけにテオドシーネはシエルフィリードの実力を正確に評価し、中央とのつながりを持つのである。

「ユフ様……いえ、テオドシーネ奥様に安心してくつろいでいただけますよう、使用人一同全力を尽くす所存でございます」

目じりに細かな皺《しわ》を作り、セバスチャンはいまにも泣きだしそうな笑顔を見せる。

「私どもも、せいいっぱい務めさせていただきます、奥様」

「どうぞ何事もお申しつけくださいませ、奥様」

胸に手を当て優雅に頭をさげるリュシーとエリーも外堀を埋める気満々だ。

テオドシーネも、そんな彼ら彼女らを見つめ、「よろしくね、皆さん」と力強く頷いた。

◇

遅くなった夕食をすませ、テオドシーネは国王ギルベルト・レデリアと父のユフ侯爵ダニエルへ宛てて、長い手紙を書いた。

ピエトロから婚約破棄を言い渡され、クイン公爵との結婚を押しつけられたこと。しかし実際に公爵領を訪れ、クイン公爵本人の実力と、クイン公爵領および周辺領の実情が想定とは異なると知ったこと。自分としては、ピエトロの企《たくら》みにのってもよい――クイン公爵家当主シエルフィリードの妻となることが、国益にかなうと判断したこと。

一つだけ、テオドシーネには懸念があった。

王都へ戻り、ふたたびピエトロの婚約者となれと言われることだ。

(――嫌だ)

はっきりとそう感じる自分の心に、半ば驚きを覚える。これまでのテオドシーネは、国のためを思い自分の心を封じてきた。だがそういったテオドシーネの努力を、ピエトロは嘲笑《あざわら》い、最悪の形で裏切ったのだ。

そんな相手を支えるために、針の筵《むしろ》になりに帰れだなどと、どうか言わないでほしい――父親に宛てた手紙にだけ、テオドシーネは率直な本心を書いた。

ただし、もう一つの本心のほうは、書かないでおいた。

(シエルフィリード様がかわいくてかわいくて――ずっと見ていたい、だなんて)

両手を赤くなった頬にあて、眉根を寄せる。この気持ちは、どちらかといえば小動物に向ける庇護《ひご》欲に近いと思う。

窓の外、屋敷の庭園の先には、街の光景が広がっている。城壁の向こうからは恐ろしく感じた都市は、内側から眺めれば夜でも暖かな光を放つ、賑《にぎ》わいのある街だった。大通りを歩く人々を、銀色の月が明るく照らしている。

クイン家を訪れてから二日。婚約破棄からは五日。まだそれだけしかたっていないのに、見えるものは大きく変わった。

## 第二章　芽吹き

馬でなくても、かぶりものは虎《とら》でも、ドラゴンでも、ゴブリンでもいい、とシエルフィリードは説明したが、やはり一番好きなのは馬であるようだった。

細長い馬の面《おもて》は、中に入ったシエルフィリードの顔よりも上へ相手の視線をずらす。テオドシーネもつい馬の顔を見ようとして顔をあげてしまう。それが、気のせいでも視線があうことがなく、安心するのだ。

だからセバスチャンもまずかぶりもののコレクションのうちの馬を捨てさせようとしたわけである。なかなか業が深い。

「旦那《だんな》様……!!　どうか、どうか奥様の前では、これは……!!」

「待って、セバスチャン」

翌々日、テオドシーネはふたたび馬のたてがみをつかんで泣きすがるセバスチャンを制した。

一日飛んでいるのは案の定シエルフィリードが臥《ふ》せってしまい、昨日《きのう》は目通りできなかったからだ。

シエルフィリードにとってテオドシーネの求婚は相当な負担だ。そこで心安らげるアイテムまで取りあげてしまっては、本当によりどころがなくなってしまう。

「馬のかぶりものはこのままにしておきましょう」

その代わり、とテオドシーネは交換条件を出した。

「互いを愛称で呼びあうことにいたしませんか。私はシェル様とお呼びしますから、私のことはテオと呼んでください」

「……」

シエルフィリードはテオドシーネを見た。おそらく。実際には馬の鼻面に見下ろされている光景なのだが、かぶりものの内部ではシエルフィリードが必死の顔をしているに違いない。

シエルフィリードからの返事はなかった。

無言のまま、数分の時が流れる。

そして、二人を見守るセバスチャンの眉《まゆ》じりがもうこれ以上はさがるまいというところまできて。

馬のかぶりものの奥から、ようやく弱々しい声が聞こえた。

「テオ……」

おずおずと名を呼ばれる。

その呼びかけは、これまでにされたどんなものよりもくすぐったい心地がした。

「はい、シェル様。これからはそのようにお呼びください」

笑いかければ、シエルフィリードは大きく頷《うなず》いた。骨組みを持たない馬の首が上下にがくんがくんと跳ねる。

顔は見えないけれどもせいいっぱいの同意を感じて、テオドシーネはまたほほえんだ。頷きがいっそう大きくなる。

その拍子に、馬のかぶりものが脱げて飛んだ。

「あ!!」

一瞬見えたシエルフィリードの表情は、すぐに驚愕《きょうがく》にとってかわられた。

あわあわとこの世の終わりのような顔をしてかぶりものを拾おうとするがセバスチャンに取りあげられ、シエルフィリードは両腕で顔を覆う。

見えているのは耳だけだが、その耳は真《ま》っ赤《か》だ。

しかしテオドシーネは表情を変えない。

「私のすごし方はシェル様にお任せいたします。シェル様のよろしいように取りはからってください」

にこやかな笑顔でそれだけ言って、頭をさげると部屋を出た。

真顔をたもったまま自室に戻り、音を立てぬよう扉を閉め、それからようやくリュシーとエリーを置いてきてしまったことに気づいた。

優秀な侍女たちは扉の外でテオドシーネの気持ちが収まるのを待っていてくれるのだろう。

そう思った途端、ボッと顔から火が噴いた。

テオドシーネが歩みよろうとしていることを、シエルフィリードは理解したのだろう。そしてまた、自分も一歩を踏みだしたいと思ってくれた。

だからこそ、馬が脱げた瞬間のシエルフィリードの顔は、本当に自分より十四も年上なのかと疑いたくなるほどの無邪気なよろこびに満ちていた。加えて、かぶりものの保湿効果のおかげだろう、照れて薄桃色の肌はつやっつやだし、唇はぷるんぷるんだった。

彼が天使と見まごうほどの美貌《びぼう》の持ち主であることを、テオドシーネはいまさらながらに実感した。最初に会った日には衝撃のほうが大きくて麻痺《まひ》していた感覚が、そしてこれまではなるべく抑えようとしていた感情が、じんわりと浸透していく。

つまりは、

(ものすごく……かわいかった……！)

ということである。

これまで自分は、夫となる人には完璧《かんぺき》を求めたいのだと思っていた。貴族の頂点に立ち、規範を示す人物が、理想の男性像だと。しかしそれは次期王太子妃としての立場からくる望みであったようだ。

いま、夫となるかもしれないシエルフィリードへ向ける望みは、まるきり違う。

(なにか……！　おいしいものを食べさせて……！　あったかいベッドで寝かせてあげたい……！)

公爵閣下に申しあげることでも、ましてや三十二の男に向ける感情でもないのはわかっているのだが。

勝手に口元がゆるんでしまう。

(かわいかったぁぁああ〜〜〜〜!!)

ドキドキと鳴る胸を押さえ深呼吸をする。

ささくれていた心の底に、ひとすじの光が差し込む。

あたたかな感情が芽吹きつつあった。

◇

数日のあいだ、テオドシーネとシエルフィリードは別々にすごした。家令や侍女たちは冷たい主人の態度に思うところあるようだったが、テオドシーネは穏やかに諭した。

「生き物はなんでも、環境の変化にストレスを感じるものよ」

飼ったばかりの観賞魚や子犬も、まずは新しい環境に慣れさせることが肝要。食べないのならば餌《えさ》も控えてよいし、無理にかわいがろうとすることなどは論外だ。できればあのキラッキラのふわんふわんの銀髪をわしゃわしゃしたいなと思っていても、口に出してはいけない。

テオドシーネは魚や犬がシエルフィリードだとは言ってない。あくまで自分をそう例えたのである。

環境が変わったのはテオドシーネのほうなのだから。

「だから、そっとしておいてちょうだい。ゆっくり慣れていったほうが、私にもいいの」

その言葉はすべてが建前ではなかった。シエルフィリードの笑顔を思いだすと、テオドシーネの心臓は奇妙に騒ぐようになっていた。

外れて飛んでいく馬の頭。しっとりと湿度を含んだ銀髪がやわらかく巻き、長い睫毛《まつげ》に絡み、その奥で冬の月のような瞳《ひとみ》が潤み、しかしそれは恥ずかしさのためだけでなく、一歩を踏みだせたよろこびも含んでいて、その証拠に口元はふんわりとほほえんでいた。

あのときのシエルフィリードはテオドシーネをまっすぐに見つめていたから、テオドシーネはキラッキラに輝く天使のほほえみを真正面から見た。

（はわわひゃひゃ……）

記憶の引き出しからあの笑顔を取りだせば、心臓がぎゅんぎゅんと鼓動を打ち始め、体内に血液を流しまくる。顔が真っ赤になってしまう。最初の晩にまじまじと見つめてしまったのが嘘《うそ》のようだ。

「なる、ほど……？」

「……かしこまりました」

奇妙な叫びが噴出しないよう、口をふさぎ、うずくまるテオドシーネを見て、使用人たちも納得してくれたようだった。


静かな食堂でひとり食事をとったあと、テオドシーネはセバスチャンに案内されて屋敷内を見てまわった。

一度は断ったけれども、最終的にはクイン家に留《とど》まることになった。真摯《しんし》に引き留めてくれたセバスチャンの心の中にあったのは、シエルフィリードのためだけでなく、テオドシーネに対する思いやりだ。その恩に応えるためには、テオドシーネもクイン家のことを知っていかねばならない。

大きな窓から差し込む陽光を浴びて、広い屋敷の内部は静謐《せいひつ》に包まれていた。ときおりリネンを抱えたメイドや掃除道具を持った下男がテオドシーネを見て、礼儀正しく道を譲った。無駄な動きをしている者はいない。

（ユフ家に似ているわ）

父親は厳格で四角四面な性格だった。ただ、冷酷だったわけではない。不公平な判断をすることがないので、使用人たちから慕われていた。

屋敷の空気は、そんな実家を思い起こさせるものだった。

「こちらが書斎でございます」

食堂から、シエルフィリードと初めて会った応接間を通り、書斎の前へと至る。ドアは開けないいま、セバスチャンは小声で言った。

「ただいま、旦那様が執務中ですので、別の機会に」

「ええ」

テオドシーネも神妙な顔で頷いた。シエルフィリードにはもう三日も会っていない。

書斎を素通りし、ロング・ギャラリーを抜けて角を曲がると、シエルフィリードの部屋や、少し離れてテオドシーネの滞在している貴賓室、侍女の控え室などがある。控え室わきの階段は、いったん外へ出て、使用人たちの区画につながっているそうだ。

さらにいくつかの部屋を見て、テオドシーネとセバスチャンは玄関ホールへきた。何度か通ってはいたが、じっくりと見たことはなかった場所だ。

大階段の正面には二つの肖像画がかけられていた。

一人は、四十手前といったところ。銀髪を短く刈り込み、筋骨隆々とした体躯《たいく》に鎧姿《よろい》の騎士だった。右手には大剣を持ち、左腕に抱えた兜《かぶと》にはクイン家の紋章が刻まれている。眉は太く、その下の目は鋭いまなざしを見る者へ向け、頬《ほお》には大きなひとすじの傷が威圧感を放っている。鷲鼻《わしばな》に、引き結ばれた厚い唇を覆うような銀の髭《ひげ》。

もう一人は、テオドシーネに似た栗色の髪をまっすぐにのばし、淡いブルーのドレスを着た貴婦人。落ち着いた色彩だが、彫りの深い顔立ちはこの世のものとは思えぬほど美しく、星々の瞬きを閉じ込めたような大きな瞳や愛らしい唇はシエルフィリードによく似ていた。

騎士とは対照的ににこやかに笑いかける表情に、もしや、と思い至る。

内心の声に応えるように、セバスチャンが頷いた。

「先代公爵、アンドレウス・クイン閣下と、パトリツィア・クイン夫人でございます」

「シェル様の、お父様とお母様……」

「旦那様が十二のお歳に、おふたりとも流行《はや》り病で」

ハンカチを目元に当て、セバスチャンは弱々しい声で言う。

「本当に、すばらしいご夫妻でした。大旦那様は私を拾ってくださり、このようにやりがいのある仕事を与えてくださいました」

パトリツィアの若々しい美貌はまだ二十歳かそこらに見えるが、額縁に刻み込まれた生没年からアンドレウスと同じ年齢であることがわかる。たしかにシエルフィリードの両親だろう。

使用人たちの――というか主にセバスチャンの、厳しさとその裏での猫かわいがりも納得がいく。

彼にとってシエルフィリードは、大恩ある前公爵夫妻の、唯一の跡取りなのだ。幼いころから知る愛らしい坊ちゃまを、どうにかして公爵という身分にふさわしく育てなければならない。

（でも、かわいくて仕方がないのね）

リュシーとエリーいわく、もこもこの羊パジャマはセバスチャンの手作りであるという。この家令もなかなかに業が深い。

テオドシーネは居ずまいを正し、一対の肖像画の正面に立った。正式にシエルフィリードの妻となれば、彼らが義父母だ。

頭をさげると、（初めまして）と心のうちで語りかける。

武人然とした厳《いか》めしいアンドレウスからは、銀髪と灰色の瞳を。パトリツィアからは、おそらくそれ以外のすべてを――だいぶバランスを欠いた遺伝により、シエルフィリードは最強のお見た目で生まれたのだ。

『ぼくの顔を見たら、みんな失望する』

悲しげな言葉がよみがえる。

（シェル様の理想は、お父様なのね）

クイン領を、そしてまた周辺領を、ヴァルトン王国との国境を、すべてを守っているシエルフィリードがなお自分を受け入れられないのは、そのせいなのかもしれない。

「テオドシーネ奥様」

振り返れば、セバスチャンは深々と腰を折っている。

「どうか、旦那様をお助けくださいませ。わたくしどもは、旦那様の幸せを願っておりますが……それでも、使用人の立場では、できないことも多いのです」

「セバスチャン、顔をあげて」

身を起こしたセバスチャンは、顔じゅうの皺を深くして、縋《すが》るような視線を向けた。いつもの、感動しやすく、シエルフィリードに甘やかしい彼とは違った表情。

どうしたの、と尋ねることはできない。それは、シエルフィリード本人から聞くべきことだ。

励ますように、テオドシーネはほほえんだ。

「私は、シェル様の助けになりたいと思っているわ。……シェル様には、笑っていてほしい」

言いながら、シエルフィリードの笑顔を思いだして、テオドシーネは顔を赤らめた。セバスチャンはそんなテオドシーネを見つめていたが、「うっ」と感極まった声をあげてハンカチを取りだした。

いつもの彼に戻ってくれたようだ。

夕刻、茜《あかね》色に染まる部屋で、テオドシーネはペンを走らせていた。いまだ姿を現さないシエルフィリードに宛てて、セバスチャンが屋敷を案内してくれたこと、庭に咲く花をもらい、部屋に飾ったことなどを書いただけの、たった数行、手紙というよりメモのようなものだ。

『明日《あす》は図書室で本を読みます』

最後にこうして予定を書いておけば、鉢合わせることもないだろうし、テオドシーネが図書室にいるあいだにシエルフィリードが書斎から出ることもできる。

リュシーを呼んで手紙をあずける。

しばらくして夕食に呼ばれると、食堂のテーブルに返事がのっていた。

『ぼくは明日から三日、領地の視察に出る。テオがこの屋敷で気兼ねなくすごすことを望む』

気を使ったつもりが、逆に気を使われてしまった。

「視察って、どうするのかしら」

「特注の巨大な馬車で村や都市をまわるのです。馬車が巨大であれば、中に乗っている人間も巨大だと人は思い込みますからね」

食後の紅茶を注ぎながらエリーが答える。

「会食などはしません。役人たちから話を聞くときは、セバスチャンさんがあいだに入ります」

「……なるほどね？」

とても奇妙な視察ではあるが、領民たちもそれに慣れていて、あまり疑問は持っていないのだという。

リュシーに紙とペンを持ってきてもらい、テオドシーネはその場で返事の返事を書いた。

『いってらっしゃいませ。道中の安全を祈っております』

こうしてテーブルにのせておけば、出立前の朝食時にシエルフィリードが見つけるだろう。

(家の中なのに手紙のやりとりをするなんて変な感じね)

ふふ、と笑いを漏らし、テオドシーネはもう一度シエルフィリードからの返事を読んだ。

罫線にそって几帳面《きちょうめん》に書かれた文字は、手本のように整っていて、シエルフィリードらしいと思った。

◇

クイン家にもすっかり慣れたある日、テオドシーネのもとへ、国王陛下帰国の報《しら》せがもたらされた。

外遊と言いつつ、実態はヴァルトン王国の封じ込めである。

レデリア王国は大陸のほぼ中央に位置する。西のヴァルトン王国とは長年睨《にら》みあいを続けているが、北のユーグス王国はレデリアと同じくヴァルトンと対立しているため、敵の敵は味方ということでそれなりの国交がある。外遊はユーグスとの協力関係を確認しつつ、さらにその向こうのブルネストの王族とも会っていたはずだ。

そういった父王の動向が理解できていれば、国内政治に揉《も》め事を起こすような婚約破棄など、普通はしない。

ピエトロの暴挙を思いだし、テオドシーネは額を押さえた。

国王が帰国したのであれば、付き添っていたユフ侯爵、つまりテオドシーネの父も戻ってきた。二人は留守を預かっていた側近から婚約破棄の騒動を聞き、またテオドシーネからの手紙を読んで、仰天したことだろう。

(果たして、陛下はどのような判断を下されるのかしら――)

シエルフィリードにはセバスチャンが伝えるだろうが、テオドシーネからも伝えるべきだろう。

そう考え、テーブルへと歩きかけたテオドシーネは、ノックの音に振り向いた。

時刻を確認する。ちょうど夕食の時刻だ。ただしシエルフィリードと顔をあわせないようにするため、普段テオドシーネのもとへ使いがくるのは、さらに半刻後。

まさか――と半ば信じられない気持ちで浮かんだ推測を、セバスチャンの声が肯定する。

「奥様、夕食のお支度ができましてございます。……本日はともに席につきたいと、旦那様が」

扉の向こうから聞こえた声は、いまにも泣きそうに震えていた。

感動にハンカチを握りしめるセバスチャンとともに台所へ赴いたテオドシーネが見たものは、顔全体をすっぽりと覆うマスクをかぶったシエルフィリードであった。

マスクは毛羽立ちのしづらい滑らかな毛糸で織られていた。首元から頭の先までのうち、目と口の部分だけが穴になって見えている。

寒冷な地方の人々が雪に肌を傷めぬようかぶる防寒具である。しかし顔を隠すことができるため、強盗団などもたびたび用いるという。たしか呼び名を『目出し帽』といった。

高級感のある白藍《ホワイトインディゴ》のマスクから、天使の羽根を凍らせたかのようなカーブの睫毛が覗《のぞ》く。視線をあわせようとしない瞳は緊張に煌《きら》めき、赤らんだ頬がマスクの向こう側に見えるようだった。

強盗に扮《ふん》してしまった主人にセバスチャンが背後でよろめいているのがわかるが、テオドシーネに気づかう余裕はなかった。一瞬で跳ねあがった鼓動を、根性で叩《たた》きふせるのに忙しい。

（べつにお顔が見えているわけではないのよ）

そう自分に言い聞かせるのだが、隠れているぶん想像の余地があるのが悪い。シエルフィリードのとびきりの笑顔を思いだして心臓が騒ぐ。

動揺を悟られないよう、侯爵令嬢として培った精神力を総動員してにこりと笑う。

「本日はお誘いありがとうございます」

「こちらこそ、きてくれてありがとう」

「お目元とお口が見えるだけで、ずいぶんと印象が変わります。シェル様」

「そうか。しかしこれは、鼻が苦しい」

「では明日は鼻の部分も穴を開けてはいかがでしょうか。私ももっとお顔が見えて嬉《うれ》しいです」

「……そうか」

シエルフィリードが緊張に引き結んでいた唇をゆるめる。それは蕾《つぼみ》を開く薔薇《ばら》のようで。

（あああああかわいい……っ!!）

痛いほど鼓動を打ち鳴らす心臓をドレスの上から押さえる。

現在のテオドシーネには、目出し帽から覗くわずかなパーツだけで、十分に刺激が強かった。

照れたシエルフィリードがすぐにうつむいてしまってよかった。あの婉麗《えんれい》なる淡灰色の瞳と視線をあわせ続けていたら、食事の味もわからなくなる。

と思ったところで下を向いた視線の先でシエルフィリードの両手がもじもじとナプキンを折りたたんでいることに気づき、テオドシーネは天を仰いだ。

（なんなの、この気持ちは……）

情けない。情けないはずだ。

なのにどうしてこんなに庇護欲をくすぐるのだろう。

十八年生きてきて思ってもみなかった感情だった。むずむずとしたものが湧《わ》きあがって止まらない。

セバスチャンは白目を剥《む》いて倒れてしまったが、ここは前進と見るべきであろう。

シエルフィリードにとっても、テオドシーネにとっても。

◇

ある晴れた日の午後、クイン家に三通の書状が届いた。

うちの二通の宛名はどちらもテオドシーネで、封を切らないままシエルフィリードがテオドシーネに手渡してくれた。ちなみに本日のかぶりものは、基本に立ち戻って馬である。

「中を読まれなくてよいのですか？」

「ああ。テオの手紙だ。ぼくが勝手に読むわけにはいかないよ」

そう言って、シエルフィリードはもう一通の手紙を持ち、そそくさと部屋を去ってしまう。

テオドシーネはまず、ユフ侯爵家からの便りを読んだ。ぱんぱんに膨らんだ封書に入っていたのは、父であるダニエルの後悔と怒りだった。

『我が娘、テオドシーネ。お前の手紙に驚いた。どうしてこうなる前に手が打てなかったのか。どう謝ればいいのかわからない』

そんな言葉で始まる手紙には、意志が強く優秀なテオドシーネに甘え、国のためだと苦しみに目をつむっていたことへの謝罪が書かれていた。

ついで、ピエトロに関しては、テオドシーネの知らぬうちに手を打っていたこと。マリリンや、彼女に追随する取り巻きをピエトロから引き離そうと画策もしたらしい。だが結局はそれが裏目に出て、テオドシーネへの敵愾心《てきがいしん》を煽《あお》ってしまったのだろう――。

直接の会話を試みてすら態度が改善されなかったことが、『あのクソ野郎』とところどころの文字の乱れとともに告げられていた。

（お父様、こんなにぶっちゃけてしまって大丈夫かしら……）

心配になりつつも、テオドシーネはほほえんだ。

はちきれそうなほど詰め込まれていた便箋《びんせん》には、父の想《おも》いが吐露されていた。

厳格な父は、自分のこともテオドシーネのことも、国のための歯車だと考えていると、そう思っていた。

長いあいだ、面と向かって父と会話をしたことがなかったのだといまさら気づく。ピエトロとの関係悪化も、「わたくしの落ち度ですから、自分の手で挽回《ばんかい》したく思います」と責められる前に予防線を張って、助けてほしいと素直に言えなかった。

王太子妃に、ゆくゆくは王妃となるのだからと自分に言い聞かせた。一方でその役目が全うできないことを恐れていた。――ある意味では、王妃の座にしがみついていた。それしか自分の価値はないのだと。

でもそれは違った。

婚姻については、テオドシーネの意見を全面的に採用する――つまり、ピエトロの婚約者への復帰はなく、クイン公爵家との縁を歓迎する、とダニエルは回答した。

周辺領の動きについても、『調べてみよう』と約束してくれた。

『宰相として見たクイン公爵領は経営の安定したよい土地だ。シエルフィリード殿は様々な噂《うわさ》のある御仁だが、テオドシーネが選んだのなら間違いあるまい。近くクイン領へ挨拶《あいさつ》に行きたい』

「……」

最後の一文を読み終わり、手紙を胸に抱いて、テオドシーネは真顔になった。

ここでも文字が若干ふるえているので、本音としては「間違いあるまいとは言うものの心配で心配でたまらないので検分に行きたい」だろう。

テオドシーネとしては王都にいたときよりもずっと幸せに暮らしているのだが、

（お父様には、しばらく待っていただいたほうがいいわね……シエルフィリード様を見たら、お互いに腰を抜かしてしまうわ）

噂が噂でしかなかったことは、いまのテオドシーネにはわかっている。噂の出所も推測がついた。

恐ろしげな印象は、自分を大きく見せようとするシエルフィリードの涙ぐましい努力に加え、軽々と魔物を退ける雄姿から。シエルフィリードに熱狂する騎士たちも悪気なく尾ひれ背びれをつけて吹聴しているのだろう。正体は魔人であるという噂は、兜が脱げた際にも素顔を見られぬようにと念を入れてかぶっていたゴブリンマスクのせい。乙女《おとめ》の生き血をすすっているという噂は、あの若々しい美貌から出たに違いない。かぶりものをしてもしなくてもシエルフィリードには噂が立つ。

そのうえ、実物は噂よりも奇なり、だ。『いずれ顔合わせの機会を設けますが、その前に準備期間が必要です』とテオドシーネは返事に書いた。

もう一通の手紙は国王ギルベルト・レデリア直々のもので、テオドシーネはピエトロの状況を知った。

己の整えた婚約を勝手に破棄されたギルベルトはさすがに事の重大さに気づき、ピエトロはこってり油をしぼられたらしい。

「そなたのほかにも男児はおるのじゃぞ！」というピエトロにとっては最もつらい脅しを投げられ、現在は家庭教師をつけなおして再教育中……とのことだ。マリリンとの交際は認められたものの、テオドシーネに見放された以上ほかに妻を得るあてもないから、という理由だった。

それはつまりピエトロが後ろ盾を失い、これ以上ない崖《がけ》っぷちに立たされたという意味でもある。

（これでピエトロ殿下も目を覚ますとよいのだけれど……）

王家の嫡男として生まれ、容姿にも魔法にも自信のあったピエトロは、成長とともに増長の速度を増していった。ほかに男児がいるといっても歳《とし》の離れた弟たちで、反目しているわけでもない。彼の地位は安泰に見え、貴族たちは追随した。もちろん中には、正しい態度でピエトロに仕えようとした貴族もいる。だがピエトロが彼の身近に残したのは、甘言を囁《ささや》く悪友ばかりだった。

テオドシーネが婚約者に選ばれたのは、危ういところのあるピエトロを支えるためだ。

『息子かわいさに、君に負担をかけ続けたことを許してほしい』

ギルベルトからの手紙にもまた、謝罪の言葉が綴《つづ》られていた。

今回のことで、ピエトロの立場は悪くなった。ピエトロを支持していた貴族の中には、ピエトロ本人の資質を認めてではなく、婚約者が宰相の娘であり自身も優秀なテオドシーネであるからこそという者もいる。

テオドシーネから居場所を奪ったピエトロは、逆にいま、王都の社交界で追い詰められつつある。

彼の立場を回復できるのはテオドシーネだけだ。テオドシーネが王都へ戻り、ピエトロを許すと言ってふたたび婚約者の座に収まれば、婚約破棄の騒動も、マリリンの存在も、最初からなかったことになる。

だがそれを求めないのが、国王ギルベルトの誠意であるのだ。

『ピエトロには、自分の力で這《は》いあがらせる。力不足ならば、王太子の地位は剥奪《はくだつ》する』

手紙には厳しい決意が書かれていた。

(いまならまだ取り返しがつくはず)

ピエトロが心を入れかえるのであれば、テオドシーネの忍耐もまた報われるというもの。

◆・◆・◆

王宮の一室では、ピエトロが秀麗な顔を引きつらせていた。

うずたかく積みあげられた参考書に挟まれて、羽根ペンを握る手は震えている。国内経済の推移に関するレポートを書き終わるまで、部屋から出てはいけないというお達しだった。そしてレポートを書きあげたあとには、別室に移り、書類の確認や、議会への出席準備をすること、と命じられていた。

『テオドシーネ嬢と同じ働きができるようになるまで、顔を見せるな』

あれほどに厳しい顔の父を見たのは初めてで、己は一線を越えてしまったのだとピエトロは理解した。

結局はテオドシーネの忠告が正しかったということだが、いまさら歯噛《が》みしても遅い。

(あいつ……っ、こうなることがわかっていたのか)

これまでもそうだった。ピエトロにはわからないことが、なぜかテオドシーネにはわかる。テオドシーネをクイン領へ追いやったあと、ピエトロは数週間の気楽な生活を楽しんだ。近しい貴族令息を呼びよせて宴《うたげ》を開き、自分とマリリンの美しさを称《たた》えさせた。

『お似合いです。やはり、美しい王太子の隣には美しい令嬢でなければ』

『当然だ』

おべっかを使うジェイネスにしたり顔で頷いてみせる。マリリンをピエトロのもとへ連れてきたのはジェイネスだ。王太子のわがままに散々こき使われたジェイネスは、ピエトロの好みも鬱憤《うっぷん》も熟知していた。ほかの貴族令息たちも悔しがって自分の伝手《つて》のある令嬢をピエトロへ謁見させたが、マリリンに敵《かな》う者はいなかった。

そのマリリンはいま、ピエトロの隣でさらに悲惨な状況だった。

レポートを書くどころではないと判断された彼女には、参考書を丸々写せ、という課題が与えられた。しかもそれが妥当だと思えるほど、マリリンはそもそも用語自体を知らなかった。何度も綴りを間違え、赤で書き直して、これはどういう意味かという質問にも答えられない。

「マリリン、もしかしてお前……バカなのか？」

「は、はああっ!?」

「お静かに！　私語は厳禁。手を止めてはなりません」

憤慨して立ちあがったマリリンに厳しい声が飛んだ。乗馬鞭《むち》を片手に、細い緑の眼鏡《めがね》の奥から睨みつけてくるのは、家庭教師として新たに雇われたマッキンタイアという男だ。職業は経済学者で、五か国語を操り、大陸を旅してまわった過去を持つ彼は政情にも明るい。

官僚としても優秀な彼がわざわざ家庭教師に就いているのは国王ギルベルトの愛情だ。ピエトロにはかろうじてそれが理解できたが、マリリンには理解できない。頬をふくらませて不服さを表し、音を立てて椅子《いす》に座りなおした。

「どうして次期王太子妃のわたしが、こんなこと……っ」

「それが王太子妃の仕事だからだ」

ピエトロは首を振り、マリリンに呆《あき》れた視線を向ける。彼女が最低限の教育も施されていないことは、さすがにわかった。

おまけに華美な装いを禁止されたマリリンは、化粧っけもなく地味なドレスを着込んでいる。愛らしくカールした睫毛はつけ睫毛、色気をあふれさせていた艶黒子《つやぼくろ》もつけ黒子だったらしい。連日の勉強疲れで髪にも肌にも張りはなく、絶世の美女とは言い難い。

(テオドシーネなら、こんなことにはならなかった)

もとから地味だから、ピエトロだって期待することはなかった。それにテオドシーネは、マリリンを優先することに反対していただけで、結婚して王太子としての地位を盤石にしたピエトロが将来的に愛人を持つこと自体には反対していなかった。

マリリンの能力を疑っていなかったのは、テオドシーネのせいだ。地味で陰気で、ピエトロと会っても笑顔の一つも見せないくせにピエトロよりも優秀な成績を収め、次期王太子妃として政務をこなしていたテオドシーネ。そんなテオドシーネよりも美しく自信たっぷりなマリリンならテオドシーネより優秀に違いないと思い込んでいた。

テオドシーネの言うとおり、結婚まであと数年の我慢をしていれば、ある程度の政務はテオドシーネに押しつけて気ままな暮らしができただろう。

『地味なテオドシーネ様より、美しいピエトロ様にはわたしのほうがふさわしいと思いませんか？』

そのとおりだと思ったからマリリンをかわいがった。婚約当初から生真面目《きまじめ》なばかりで、ピエトロ自身に興味などなさそうだったテオドシーネが慌てふためくのを見るのも楽しかった。

(だが、テオドシーネを婚約破棄したのは、間違いだった)

「ねえ……ピエトロ様……」

厳しい顔で黙り込むピエトロに、マリリンの表情は曇る。彼女にも、ピエトロの寵愛《ちょうあい》が薄れかけていることは伝わった。

マリリンの立場はピエトロ以上に悪い。ピエトロの婚約者という肩書がマリリンをどうにか王宮につなぎとめているのだ。

「……昨夜、ジェイネス様から、お手紙が届きました！」

マッキンタイアが部屋を出た隙《すき》を見計らい、マリリンは声をひそめてピエトロに話しかける。

「なにかいい策を考えてくださるそうです」

「ジェイネスが？　あいつにいい策なんて考えられるのか」

ピエトロは気のない返事をする。

ジェイネスをはじめとした悪友たちは、国王の命令によって王宮への出入りを禁じられている。ひと月という区切られた期間であり、ブレンダン伯爵へはお咎《とが》めがなかったというから、勝手な婚約破棄騒動をともに叱《しか》られたようなものだ。

それでもピエトロの心は離れている。

「テオドシーネ様を、連れ戻せばいいのです」

「テオドシーネを？」

考えてもみなかった提案にピエトロは目を瞬《まばた》かせた。

たしかに先ほどの彼は、テオドシーネなら、とも考えたが。

「父上が許すはずがない」

マリリンは知らないが、父王ギルベルトからは、『お前自身が成長して見せよ。さもなければ、王太子の座は取りあげる』と厳命されている。

「ですが、テオドシーネ様から戻りたいと懇願したら？　テオドシーネ様だって、後悔していらっしゃるに違いありませんわ。クイン領は酷《ひど》いところでしょうし、今回のことはテオドシーネ様にも原因があるのですもの――」

ぺらぺらとしゃべりながら、マリリンはドレスの胸元から一輪の花を取りだす。小さな青い花は、その慎ましい見た目に反して甘い香りをピエトロに浴びせかける。

『殿下と話をするときに見せるとよい。この花の香りは勇気を奮い立たせてくれる』とジェイネスが手紙に添えてくれたものだった。

「テオドシーネが……後悔して……？」

くらりと覚えた眩暈《めまい》にピエトロは顔をしかめる。

頭の中にべったりと蜂蜜《はちみつ》を塗りたくられたような不快感。この場から立ち去ってしまいたいのに、何かが体を内側から縛りつけている。

「はい。送った婚姻誓約書はまだ戻らないではありませんか。結婚を渋っているのですわ」

誓約書へのサインを渋っているのはシエルフィリードなのだが、もちろんそんなことは知る由もない。

「テオドシーネ様が寛大な心でわたしたちを見逃してくださっていれば、婚約破棄などということにもなりませんでした。わたしたちが後悔しているように、テオドシーネ様だってクイン領の暮らしには耐えられないはずですわ」

自らの行為を棚にあげ懸命に訴えるマリリンの言葉が、やけに大きく響き、ピエトロの思考に染み込んでいく。

「王都に戻してやると言えば、よろこんで飛びつくはずです」

「なるほどな……だがどうやってテオドシーネを連れ戻す？」

「そこを、どうにか考えてみる、とジェイネス様が」

乗り気になってきたピエトロの表情に、マリリンも力強く頷いた。

「いまはしいいいいふくのときです」

ジェイネスの手紙にあった文言をそのまま、マリリンは告げる。ピエトロは片眉をあげた。

「至福のときなわけがあるまい」

「そうですね。いまではなくて、未来の話を間違えたのかもしれません」

「ジェイネスに策など考えられるのか……」

頭のできはお前と似たり寄ったりだぞ、とマリリンに言いかけて、入室してきたマッキンタイアの姿にピエトロは口をつぐんだ。

ただよう甘い残り香にマッキンタイアは首をかしげたが、マリリンが隠した花が見つかることはなかった。

## 第三章　近づく距離

ピエトロとマリリンの予想を裏切って、テオドシーネはクイン家での暮らしを満喫していた。

先日の三通の手紙のうちの一通は、父ダニエル・ユフ侯爵からシエルフィリードに宛てられたものだった。ピエトロに下されるであろう処罰を書き、恨みがテオドシーネに向くかもしれないので、落ち着くまでのあいだ、テオドシーネをクイン領であずかっていてくれるようにと頼んだらしい。さらにはクイン家との婚姻に異存なしとも書かれていたらしく、シエルフィリードがひっくり返っていた。

手紙からしばらくして、ユフ家からテオドシーネのドレスや小物が送られてきた。クイン家に用立ててもらうのはさすがに気が引けたから、安堵《あんど》の息をつく。

日中は主にそれらの整理をしてテオドシーネはすごした。セバスチャンから使用人たちを紹介され、仕事ぶりを監督することもあった。

あいかわらずシエルフィリードはほとんどの時間を書斎ですごしていた。避けられているのかと思ったら、以前からこのようなすごし方らしい。

「月に数度は周辺領からの救援要請がありますから、どうしても領地の経営に充てる時間が削られてしまいます」

羊の着ぐるみを抱えて肩を落とすセバスチャンの様子に、テオドシーネは眉《まゆ》をひそめた。

シエルフィリードが寝込んでいたのは、体が弱いのではなく、常に過労ぎりぎりで働いているからだ。そのうえ月に数度、大量の魔力を使うとあっては、体にかかる負担は相当なもの。初めて会った翌日にもこもこの着ぐるみにされていたのは、テオドシーネとの対面の心労だけが原因ではなかったようだ。

「領地のことは、私が手伝えると思うわ」

テオドシーネが言うと、セバスチャンはパッと顔を輝かせた。

「ありがとうございます、奥様」

テオドシーネも使用人たちもすっかりその気、外堀も勢いよく埋められているというのに、シエルフィリードはいまだに婚姻誓約書を鍵《かぎ》付きの戸棚にしまい込んでいる。

「将来にわたる、重大な事柄だ。もっと自分自身を大切にしなくてはいけないよ」

鼻が見えるようになった目出し帽の向こうから、シエルフィリードは大人《おとな》の分別を口にする。

「よく考えたつもりです。シエルフィリード様は、私と結婚するのがお嫌ですか？」

子ども扱いはしないでほしいと淡灰の瞳《ひとみ》を真正面から見つめ返せば、シエルフィリードは視線を泳がせてうつむいた。伏せた睫《まつ》毛《げ》が光を跳ね返して輝く。その合間から、窺《うかが》うような視線が向けられた。

「もう少し、時間をくれないか。……いまのままじゃ、君の弱みにつけ込んでいるみたいで」

「これ以上ですか⁉」

リュシーが思わずといったように叫んで、ばつが悪そうに口をふさぐ。

テオドシーネには、何を悠長な、とは言えなかった。目出し帽から覗《のぞ》く頬《ほお》は赤くて、テオドシーネもまた、自分の顔に血がのぼっていくのがわかった。

我慢できなくなって、むんずと目出し帽をつかみあげる。

真《ま》っ赤《か》になったシエルフィリードの素顔が出てくる。陽光を受けて輝く銀髪も、擦れて赤くなった鼻の頭も、ぽかんと開いた口も、全部が胸を打つ。

「テ、テオ⁉」

「私は……っ！」

ぐっと口をつぐむと、驚いたシエルフィリードを残して、テオドシーネは部屋を出た。自室へ戻り、ベッドへ突っ伏すと「わあああ……‼」とくぐもった叫びをシーツに吸わせる。

テオドシーネはこれまで、我慢を重ねて生きてきた。シエルフィリードには、国やクイン家のためにテオドシーネが自分を犠牲にしようとしているように見えるのかもしれない。

でも、それは違う。むしろテオドシーネには、れっきとした欲がある。

国も家も関係なく、望みを言っていいのなら。

（私は、シエル様を愛《め》でたいのです――ッッ‼）

クイン家のためにもなると、シエルフィリードの弱みにつけ込もうとしているのはテオドシーネのほうだ。

ノックの音がして、テオドシーネは跳ね起きた。

「テオ？」

そっとかけられたのは心配そうなシエルフィリードの声。慌ててドアを開けると、叱《しか》られた子犬のようにしょんぼりとうなだれたシエルフィリードがいた。

「その、ぼくは……君を傷つけたくはなくて」

奪いとった目出し帽がまだ自分の手の中にあることに、テオドシーネはようやく気づいた。シエルフィリードはほかのかぶりものもかぶらずに、追いかけてきてくれたのだ。

(たぶん、ときめくところじゃないのだけれど……っ)

弾む胸を押さえてテオドシーネは足に力を込めた。リュシーとエリーがいないので、自力で立つしかない。

「シエル様。私、待ちます」

テオドシーネの言葉にシエルフィリードは顔をあげた。天使な美少年がわずかな驚きをにじませてテオドシーネを見つめる。その瞳に笑顔が映るように、ほほえんだ。

「だから、シエル様も……私のことをどう思うか、考えてみていただけませんか」

こんなことを自分が言う日がくるなんて、思ってもみなかった。以前のテオドシーネなら、自分の本心をうちあけるようなことはできなかった。

変えたのは、シエルフィリードだ。

◇

二人の朝は、同時に始まるようになった。

「シェル様、おはようございます」

「おはよう、テオ」

時刻をあわせて部屋を出て、二人で食堂へ向かう。

手をさしだせば、シエルフィリードは真っ赤になりながらもエスコートしてくれる。このあと使用人たちにレディから手を出させるなんてと叱られるのだろう。しかし握ってくれるようになっただけ進歩だから、テオドシーネは彼らをなだめてシエルフィリードに笑いかける。

食事は毎食、シエルフィリードとともにとった。セバスチャンは料理長と手を取りあって踊っている。

シエルフィリードの所作は美しく、カトラリーの扱いも上品だった。一流の教育を受けてきた人間であることがわかる。そんなシエルフィリードが、テオドシーネと目があうとわたわたとナイフを取り落としたり、慌てて肉を口いっぱいに頬張《ほおば》ったりしてしまうのが、またなんともかわいらしくてテオドシーネの心を撃ち抜いた。

日々を重ねるうちにシエルフィリードはテオドシーネのいる生活に慣れ、そうした失態は減った。それが少し寂しくもあるのだから、人間はわがままなものだ。

朝食をすませたあとはシエルフィリードと書斎へ行き、領政についての知識をたくわえる。父ユフ侯爵の言ったように、シエルフィリードは濃《こま》やかな善政を布《し》いていた。

これもセバスチャンの話どおり、月に数度は救援要請が飛び込んできた。さすがにあれ以来ドラゴンが出現することはないものの、魔物の群れ程度でも各家の私設騎士団では対応できないのだ。

要請の多くはブレンダン領で、その向こうのウィルマ領や、モンドル領まで出陣することもあった。

そんなときには、事後処理まで含めて数日はかかる。

テオドシーネは同行せず、シエルフィリードを見送った。

（私は戦力にはなれない。けれど、シェル様のいないあいだ、クイン領を守ることならできる）

役人たちの報告を聞き、指示を出し、訴訟に裁決をくだす。もとは次期王太子妃として育てられていたから、公爵夫人に求められる仕事を、テオドシーネはそつなくこなした。

帰還の報《しら》せがあれば、到着が夜更けになろうともテオドシーネは起きて、シエルフィリードを出迎えた。

「ご無事のお帰り、なによりでございます」

「……ただいま」

使用人を背後に従え頭をさげるテオドシーネに、シエルフィリードは戸惑うそぶりを見せたものの、素直に挨拶《あいさつ》を口にして兜《かぶと》を脱いだ。兜の下はゴブリンだったので、テオドシーネは有無を言わさずそれも引っ張り抜いた。

「奥様がきてくださって、旦那《だんな》様はとてもお元気になられました」

書類を整え、テオドシーネにさしだしながら、セバスチャンは皺《しわ》を寄せてほほえむ。

シエルフィリードは彼の寝室だ。寝込んでいるわけではなく、帰還後は休みを取るようにというテオドシーネの求めに従い、寝坊後の遅めの朝食をとっている。

これまでは、遠征の翌日でも朝から働いていたそうだ。むしろ遠征中に滞った領主としての実務を処理すべく、仮眠をとっただけで視察に向かうこともあったという。セバスチャンも財政の補佐をしているが、それでも追いつかないほどにクイン領は広い。

セバスチャンが出ていくと、入れ替わりにリュシーとエリーが入ってくる。リュシーの持つ盆には湯気を立てるポットとティーセットが。たっぷりのミルクも温めてくれているらしい。寒くなってきたこの時季にぴったりだ。

「旦那様が、昼食はご一緒したいとおっしゃっておられました」

「ええ、もちろんよ。私の仕事もそれまでには終わるわ」

テオドシーネの言葉に双子の侍女は嬉しそうに笑う。

「奥様がきてくださって、旦那様のお顔が少し見えるようになりました」

「お言葉も少し交わせるようになりました」

彼女たちが言うには、セバスチャン以外の使用人はほとんどシエルフィリードの素顔を知らなかったらしい。それでも人となりはわかるから、領民や騎士団同様、使用人にも慕われていた。

しかし最近はテオドシーネがときどきシエルフィリードのかぶりものをすっぽ抜くので、使用人たちにもようやくシエルフィリードの素顔が見えてきた。

「私どもも、ますます働きがいがあるというものです」

「奥様のような方を伴侶《はんりょ》に得て、旦那様は幸せ者です！」

「ふふ、ありがとう」

力強く頷きあっているリュシーとエリーに、テオドシーネは照れ笑いを浮かべた。

◇

シエルフィリードとテオドシーネの距離は、ゆっくりと、しかし着実に縮まっていった。

シエルフィリードは段階的に顔面の防御を薄くした。目出し帽は仮面になり、流れる銀髪があらわになった。その次には額が秘密のベールをはがされた。

眉が出た。顎《あご》が出て、鼻すじが、最後に念願の頬が。

テオドシーネもまたゆっくりとシエルフィリードの素顔に慣れた。

（あああ、なんてかわいらしい……）

内心では照れるシエルフィリードに鼓動が大暴れでも、表情はおだやかなほほえみを浮かべていられる。

かぶりものはきっちりと手入れをされて、シエルフィリードの部屋のクローゼットへと片付けられた。

やがて、二人は視線をあわせて語りあうまでになった。

少し離れた場所から使用人たちが目にハンカチをあてて見守るなか、二人は午後のお茶を楽しんだり、広い庭園を散歩したりした。

馬に乗ろうとシエルフィリードが言いだしたのは、そうしたときの会話がきっかけだった。

馬のかぶりものを最も気に入っていただけあって、シエルフィリードは馬が好きだ。

「ぼくの愛馬、ゼピュロスだ。白馬のほうはノトス」

テオドシーネを馬場に案内したシエルフィリードは、二頭の馬を引きださせ、そう紹介した。

「この子は……もしかして、かぶりものの？」

ゼピュロスを見つめ、テオドシーネは呟《つぶや》く。

テオドシーネの髪に似た栗色《くりいろ》の毛並みに、形のよい左右対称の鼻梁白《びりょうはく》。真正面からテオドシーネをじっと見つめ返すゼピュロスの顔は、とても初対面とは思えない。

シエルフィリードは赤く染まった頬をかきながら頷《うなず》いた。

「ああ。父上からいただいた馬で……もう二十年のつきあいだ」

「そうなのですね。よろしくね、ゼピュロス。ノトスも」

シエルフィリードの両親は若くして亡くなった。前公爵の遺《のこ》した愛馬であり、信頼のおける戦友であるゼピュロスは、シエルフィリードを支え続けてきたのだろう。

手をさしのべると、二頭は鼻を鳴らして額をすりよせた。

「ノトスのほうは、まだ若い。数年前にうちへきたんだが、あいにくクイン家にぼく以外の乗り手はいない。退屈させてしまっていた」

名を呼ばれてノトスはいななく。全身純白の毛並みを持つノトスは、冬の雪山を思わせるたてがみをなびかせながら、わくわくと好奇心を込めてテオドシーネを見ている。

「私が乗ってもよろしいのですか？」

「もちろん。そのために乗馬服できてもらったんだ」

シエルフィリードの言うとおり、今日《きょう》のテオドシーネは乗馬服姿だ。それも、動きやすいシャツとコートに、長ズボンを穿《は》いていて、スカートはつけていない。やや長めのコートの裾《すそ》が太もものあたりは隠してくれるが、足の形の出る服装など、相手によっては破廉恥《はれんち》だとたしなめられるだろう。ユフ侯爵家から送られてきたものの、着ることはないと思っていた衣装だった。

馬術の心得があるテオドシーネは、貴婦人らしくドレスのまま横座りに馬に乗ることも、男性と同じように馬に跨《また》がることも、どちらでもできる。それを聞いたシエルフィリードは、迷わず「安全なほうを」と言ったのだった。

軽々とノトスの背に乗るテオドシーネに、シエルフィリードは感嘆の視線を向けた。すぐに自分もゼピュロスに跨る。

「久しぶりだと言っていたけれど」

「三年ぶりです」

「そうは思えないよ」

テオドシーネ自身も、それにしては感覚を失っていないと自分を褒めてやりたい気持ちだった。

先導するようにシエルフィリードの乗ったゼピュロスが歩調を速める。テオドシーネが少し合図を送っただけで、ノトスは心得たと言いたげに足並みをそろえた。

(いい馬だわ)

賢くて、俊敏《しゅんびん》だ。テオドシーネの様子を窺いながら走ってくれているのがわかった。

公爵家の広い馬場の中を、二頭は駆けまわった。小高く作られた丘をのぼり、勢いよく駆けおりたり、丸太を飛び越えたりしながら、並走する。

馬場の周囲は森だ。紅葉した樹々と青い空の対比が眩《まぶ》しい。森の背後には霞《かすみ》がかった山々が連なり、そのさらに向こうにはヴァルトン王国がある。

身を屈《かが》めるとノトスは走る速度を増した。風を切り、自分ではとても走れないような速度で景色が流れてゆく。

久しぶりの感覚に、テオドシーネの鼓動は高鳴った。

馬の背から見る世界は、一メートルほど変わるだけでまったく違って見えるのだ。そのことをテオドシーネは思いだした。

いつもより高く、広く、遠くまで見渡せる。

(昔は悲しいことがあるたびに馬に乗ったわ)

ユフ家の馬も賢かった。テオドシーネの涙が乾くまで、あちこちを歩きまわってくれた。いつしかテオドシーネは強くなり、泣くこともなくなった。馬上の景色を見なくとも気持ちを切り替えられるようになったと思っていた。

ブルルルと鼻を鳴らされて、テオドシーネは顔をあげた。ノトスが立ちどまり、背のテオドシーネに視線を向けている。

「ごめんね、ノトス。うっかり考え事をしていたわ」

首すじを撫《な》でると、革の手袋ごしにも筋肉の張りが伝わった。生命の感触にテオドシーネは頬をゆるめる。ノトスは小さくいななき、また走り始めた。

「楽しそうだったね」

馬を並べたシエルフィリードから声をかけられたのは、くたくたに疲れきり、馬小屋へ戻ろうとする途中だった。ノトスはまだ遊びたそうな顔をしていたけれども、乗馬の感覚は戻ったが体力が続かないテオドシーネが音をあげると、手綱に逆らうことなく向きを変えてくれた。やはり賢い馬だ。

日が傾き、夜の空気が忍びよる。冷気を含んだ風は心地よかった。

「ノトスもこうしてシェル様やゼピュロスと遊びたかったのでしょうね」

笑顔のシエルフィリードにテオドシーネが頷くと、なぜだかくすりと笑われた。

「ノトスもだけど、テオもだよ」

「え？」

「楽しくて仕方がないって顔をしてたから。勇気を出して誘ってよかった」

「勇気を……」

「あっ」

失言だと思ったのか、シエルフィリードは手袋を嵌《は》めた手で口元を押さえた。たしかにいまの発言は、受けとり方によってはいまだにテオドシーネに対する苦手意識を持っているのだともとれるし、どちらにせよ情けないものではあるけれども。

手綱を取り落としてしまったシエルフィリードを見つめ、テオドシーネはほほえんだ。

「嬉《うれ》しいです。シェル様が私のために勇気を出してくださったこと」

よかった、とシエルフィリードは言った。テオドシーネのよろこびを、自分のことのようによろこんでくれた。

「こんなに楽しかったのは久しぶりです。シェル様のおかげです」

「テオ」

シエルフィリードもはにかむ――と思ったら、その頬はみるみる赤く染まっていく。テオドシーネの心を撃ち抜く、林檎《りんご》のほっぺただ。

(ど、どうして赤く⁉)

二人のあいだには距離があるのに、熱はテオドシーネの頬にも伝染する。

「また、誘ってもいいだろうか……」

「はい、もちろんです……」

目を泳がせながら問うシエルフィリードに、テオドシーネの声もしりすぼみになる。

ちらちらと首をめぐらせ視線を向けるノトスを、ゼピュロスがたしなめるように鼻先でつついた。

◇

翌朝、テオドシーネは全身の筋肉痛に苦しんでいた。リュシーとエリーから「今日はコルセットをやめておきましょう」と言われたくらいだ。ゆったりとしたローブ状のドレスに身を包み、クイン家にきたばかりのときのように二人の侍女に両側から付き添われる。今日は髪を結うのもやめにした。

騎士としても活躍するシエルフィリードは、こんな無様なことにはならないだろう。

けれども昨日《きのう》は、これまでで一番長くシエルフィリードと接した。

（ご負担ではなかったかしら）

貴族と会うと、シエルフィリードは眠れなくなる。

また寝込んでしまうのではないかとテオドシーネは気を揉《も》んだが、食堂にはすでに身支度を整えたシエルフィリードが、いつものように座っていた。銀色の髪は一分の隙《すき》もなく輝き、服装も公爵然としたもの。羊のもこもこ着ぐるみではない。

一瞬見惚《みほ》れそうになって、慌てて頭をさげた。

「おはようございます、シエル様」

「おはよう、テオ。なんだかいつもと雰囲気が違うね」

にこりとほほえまれて、顔が赤くなるのがわかる。筋肉痛のゆえの不調法にもかかわらず、どうしてそんなにやさしい笑顔を向けてくれるのか。

慌てて椅子《いす》に腰かけようとして、テオドシーネは眉をひそめた。

「大丈夫？　久しぶりに馬に乗ったから」

「申し訳ございません」

「謝らないで。今日はゆっくりしたほうがいいね。図書室を案内しようか」

「あ……」

一瞬、言葉に詰まったテオドシーネに、シエルフィリードは眉をさげる。

「昨日の今日で、図々しかったかな」

「いえ、私は嬉しいです。シエルフィリード様はよろしいのですか、その……ご負担では、と」

テオドシーネの懸念を理解したシエルフィリードは、ばつが悪そうに赤い頬をかいた。

「ありがとう、気を使ってくれて。でも大丈夫だよ。テオの笑顔を思いだしたら、むしろ昨夜はよく眠れた」

(んんっ⁉)

突然の爆弾発言にテオドシーネの動きが止まる。だがシエルフィリードは気づかない。

「テオは、嬉しいと言ってくれたから。ぼくもテオのために、もっと何かしたいなって」

シエルフィリードの表情がへにゃりとゆるむ。

(んんんんっ‼)

照れくさそうに、それでいてどこか誇らしげに胸を張る姿は……とんでもなく、かわいかった。部屋の隅で会話を見守っていたセバスチャンはまたハンカチを取りだしているし、料理を運んできたエリーも皿を持つ手が震えている。

そんな周囲に気づかず、シエルフィリードはにこにこと笑顔を振りまきながら朝食に手をのばす。

「さあ、食べよう」

「はい。では今日も、よろしくお願いいたします」

叫び声をあげて悶《もだ》えたい気持ちを抑え、テオドシーネも表面上はなんともないふりをして、答えた。


図書室では、本を読むよりも、シエルフィリードとおしゃべりをする時間のほうが多かった。

シエルフィリードは豊かな学識を持っていた。テオドシーネが知っていることはほとんど知っている。ということは、基礎学問はすべて修めたということだ。

ねだればシエルフィリードは魔法のことも語って聞かせてくれた。

「氷魔法は水魔法を性質変化させて発展させたもの。同じように、雷は風魔法を発展させたもので、火を生みだすこともできるよ。魔力の量と質は生まれながらの素質によるところが大きい」

さらには、四大元素についてや、それらがどう組みあわさって世界が成り立っているのか、魔法がどのように物質や現象へ働きかけるのか。シエルフィリードの知識は多岐に及んだ。

一方でまたシエルフィリードも、テオドシーネの知識に感嘆した。

「領地のことをすぐに理解してくれたから、さすがだとは思っていたけれど。テオは様々な分野に詳しいんだね」

「ええ、たくさん本を読みました。新しいことを知るのが楽しくて。……最初は、反発心から始めた学問でしたが……」

ふと、テオドシーネの言葉が途切れた。

いまはただ好きで本を読むけれど、最初のきっかけはピエトロの悪態だった。

「私の名前、テオドシーネは、厳《いか》めしいでしょう？　男のようだとよく言われました」

「……？　しかし、立派な女性名だろう？」

シエルフィリードが首をかしげると銀髪がさらりと揺れた。その仕草だけで、悲しい思い出もどうでもよくなってしまう。

悲壮な記憶に聞こえぬよう、明るい声で、テオドシーネは言った。

「はい、当てつけですよ。私は見た目も地味で、背もこのとおりですから」

腰かけていたソファから立ちあがると、シエルフィリードも一緒に立ちあがった。筋肉痛のせいでヒールを履いていない今日は、シエルフィリードを見上げる格好になる。けれど王都の晩餐会《ばんさんかい》などで正装をすれば、ほかの貴族令息から厭な目を向けられることもあった。

「すべてが女のようには見えないということです」

「そうなのか？　テオはとてもかわいらしいと思うが」

シエルフィリードはますますわからないといったように首をかしげている。

さすがにそれはお世辞がすぎると思ったが、シエルフィリードが本気であることはすぐに知れた。

言ったあとに、隠されていない頬がぽっと赤く染まったからだ。

自分の台詞《せりふ》が気障《きざ》であったことに気づいたらしい。つまりそれは、本音から出た言葉だということ。

シエルフィリードは顔を染めたまま、ぱくぱくと口を動かしている。何か言おうとするものの、何も出てこない。

「シェル様……！　その顔は反則です！」

「す、すまない、す、少し、は、恥ずかしくなって、しまって」

「私まで恥ずかしくなってしまいます……！」

「すまない……」

しばしのあいだ、二人してソファに突っ伏し、両手で顔を覆って悶絶《もんぜつ》した。

ようやく頬の赤みがひいても、心臓はまだドキドキと鳴っている。

（なんなのかしら、これは……）

少々、甘酸っぱいのがすぎるのではないだろうか。

こんなふうに浮かれた気持ちになると、もう少し踏み込んでみたいと思ってしまう。大切な人に自分のことを知ってほしいと——そう願うのは、自然なことで。

でも長いあいだ、テオドシーネにはそんな相手がいなかった。

「シェル様、聞いてくださいますか」

シエルフィリードは顔をあげた。

テオドシーネは上目遣いにシエルフィリードを窺う。

「私の……名は。〝テオ〟は、古語で『月』を意味します。月は、衛星。夜を守り、太陽と対になる存在です」

この話は、誰《だれ》にもしたことがなかった。婚約者であったピエトロにも。

テオドシーネがどんな覚悟で婚約に臨んだかなんて、ピエトロには一生わからないだろう。

「ユフ家は、王家への忠誠を誓った家です。だから父は私にこの名をつけました。……どんな形であれ、この国のためになるように。王家が代々栄えある治世を成すように」

こんなことを言っても、いまさら何ができるわけではない。情けない恨み言だ。

そう理解はしていても、誰かに聞いてほしかったのだ。

「私も、そう願ってきました。いまも願っています」

テオドシーネは、六年という月日を費やした。まっすぐすぎたテオドシーネのやり方は間違っていたのだろうけれど、政略結婚だったとしてもピエトロを支えたい気持ちはほんものだった。それをピエトロは打ち砕いてしまったのだ。

シエルフィリードは黙ってテオドシーネを見つめていた。

やがて、シエルフィリードの目が細められ、淡灰の瞳が、銀に輝く睫毛の向こうにそっと隠れてゆく。

「……実は」

表情に浮かんだのは、ほほえみだ。

「ぼくも、自分の名が苦手だったんだ」

突然の告白に、テオドシーネは驚かなかった。それは予期していたことでもあったからだ。

「それを察したから、テオは互いを愛称で呼ぶように提案してくれたんだろう？　ぼくが〝シエルフィリード〟ではなく〝シェル〟としてテオに向きあえるように」

「はい。……名はときに、人を縛ります」

家名だけでなく、爵位だけでなく。

期待を込めて呼ばれてきた名もまた、呪縛《じゅばく》を生みだす。

はじめて会ったあの日、『シエルフィリード・クイン公爵閣下』と――フルネームと敬称とで呼ばれたシエルフィリードは、泣きそうな顔をした。妻になるべく送り込まれたテオドシーネに、望まれるにふさわしい振る舞いをせねばならないと気負い込んで。

戦場で称えるために彼の名を呼ぶ声も同じ、シエルフィリードにとっては越えられない壁だ。

だから、愛称で呼んではどうかと思った。

仰々しい名も、縮めてかわいらしくすれば、愛着が持てるかもしれない。

「ぼくも一つ、聞いてくれるかな」

シエルフィリードが小さく息をつく。頷くテオドシーネに向きあったシエルフィリードは、どこか遠くを見る視線になる。

「幼いころから、ぼくは誘拐されることが多かった。屋敷の外に出ることすら怖くて、自分の顔を晒《さら》すのも嫌で……だから、かぶりものをして、屋敷にこもって。父上も母上も、そんなぼくを強く育てようと腐心してくださった」

「その教育は立派に実を結びました」

本心からテオドシーネは言った。シエルフィリードは複数の属性魔法を使いこなし、剣の腕も馬を操る技術も申し分ない。

「ありがとう」

シエルフィリードは照れくさそうに笑う。すぐにその表情は翳《かげ》りを帯びた。

「けれど、周辺領の貴族たちは、そうは思わなかった。十二のとき、両親が亡くなって、ぼくがクイン領を継いだ。この屋敷に西辺の領主たちが集まって……挨拶の場だと思っていたぼくの前で、年上の貴族たちは、議論を始めた。誰がどの地域を管理するかについて」

意味がわからなくて、一瞬テオドシーネはきょとんと目を瞬《まばた》かせた。

「わからないよね。ぼくもわからなかった」

「まさか――領主のシェル様をさしおいて、他領の領主がクイン領を管理しようとしたのですか？」

「そうだ。彼らが言うには、ぼくが成人するまでの期限つきだったけれども」

「な……っ！　なんてことを！」

まなじりをつりあげるテオドシーネへ、シエルフィリードは苦いほほえみを浮かべる。

「父上が生きているあいだ、彼らは従順に見えた。だがそれは父上が強く、逆らえなかったからだ。小さくて弱そうなぼくなら、怖くない」

クイン家を訪れるたび、周辺領主たちは父アンドレウスの功績を大仰に褒め、シエルフィリードにもお菓子やおもちゃを与えてくれた。物心ついたときから見知っている彼らは、シエルフィリードにとって叔父《おじ》のようなものだ。

そんな彼らが豹変《ひょうへん》するところを、シエルフィリードは見た。

後見の名目で領地へ手をのばそうとしたのは、周辺領主――ブレンダン伯爵に率いられたウィルマ男爵やモンドル男爵、ミーア男爵だ。シエルフィードは彼らを拒絶した。クイン領は自分が守るのだと表明したシエルフィードに、ブレンダン伯爵は眉をひそめて言ったという。

『本当にアンドレウス様と同じ働きができるのですか？　爵位に伴う責任を、あなたは果たしてくださるのですか』

公爵領が弱れば、国境付近の領地は隣国の脅威にも魔物の脅威にも晒される。強くあることが公爵家の義務で、強くあれないのなら、領地を明け渡せと。立場の弱くなったシエルフィードへ、領主たちは一方的な要求を突きつけた。

彼らの言う義務を果たすべく、シエルフィリードは率先して魔物と戦った。戦わないときは、クイン領を安定させるため、経営に打ち込んだ。

だが、いくら魔物を退けようとも、周辺領の求めに応えようとも、彼らがシエルフィリードを認めることはなかった。

『肩書ばかり公爵を名乗ろうとも、お父上の働きにはまだ足りませぬ』

『顔ばかり綺麗《きれい》でも、領主としての実力が伴わなければ』

『いまのお姿を亡きお父上やお母上がご覧になれば、なんと言われることでしょうねえ』

唇の端を歪《ゆが》めて笑いながら、彼らは幼いシエルフィリードへ劣等感を刷り込み続けた。

ようやく父アンドレウスと同じ働きができるようになっても、恐怖は拭《ぬぐ》えなかった。

騎士団や領民から賛辞の声があがるほどに、シエルフィリードは怖くなった。素顔を見られたら、本当の自分を知られたら、こんなに頼りない男だったのかと失望される。

あの領主たちと同じく、自分を蔑《さげす》むようになる――。

「酷《ひど》い……」

青ざめた顔で、テオドシーネは首を振った。怒りのあまり血の気が引き、握りしめたこぶしは震えている。

「彼らが心ない噂《うわさ》を王都に広めたことも、ぼくの手柄を自分たちのものにしていることも、薄々気づいてはいた。でも、訴え出ることができなかった」

シエルフィリードが王都へ出れば、魔物の襲撃は防げない。そうなったときに実害を被《こうむ》るのは罪のない領民たちだ。だから自分は、領地に留《とど》まる。

そんな言い訳をして、シエルフィリードは人前に出ることを避け続けた。

「……ぼくはね、テオのことを尊敬している」

名を呼ばれて、テオドシーネは顔をあげた。

大きくとられた窓からは陽光が差し込んでいる。シエルフィリードの表情はやはり穏やかで、テオドシーネはふと大聖堂の正面に輝くステンドグラスを思いだした。色硝子でできた天使は、このような姿をしていたように思う。

「愛称で呼びあおうと言ったとき、君は自分の呼び名として〝テオ〟を選んだ。それは月《テオ》という名にそれだけの誇りがあったからだと思うんだ」

「シェル様……」

「テオは、ぼくとは違って逃げなかった。他人の視線と戦いながら、自分を磨いた。それはすごいことだ。だからぼくも、テオのようになりたいと思って……少しずつだけど、変わることができた」

喉《のど》がふさがって、何も言えなかった。ひしゃげた吐息だけが聞こえる。

銀の月のようなシエルフィリードの瞳が、まっすぐにテオドシーネへとまなざしを注いでいた。

「君のこれまでは間違ってない。たくさんがんばってきた学問も、社交も、礼儀も、馬術も、必ず役に立つときがくる。すでにテオはクイン領を助けてくれただろう。ぼくにも向きあってくれた。これからもっと、テオの味方が現れるよ」

じわり、と熱いものが視界を覆って。

数秒遅れて、テオドシーネは自分が泣いていることに気づいた。

ピエトロの婚約者になってから、馬鹿《ばか》にされたことはあっても歩みよられたことはなかった。元婚約者は、努力を認めてくれなかったし、頼ってくれたこともなかった。

でも、テオドシーネも同じだ。ピエトロを認めようとしたことがあっただろうか。

シエルフィリードは取りだしたハンカチでそっと目元を拭ってくれる。涙が落ちないうちに。

晴れた視界で見上げたシエルフィリードは、女性に触れるという行為のせいかほほえみをといて緊張した面持ちになっていた。それに気づかないふりをして、テオドシーネは身を寄せる。

触れあった体がびくりと跳ねる。けれども、シエルフィリードは逃げなかった。おそるおそる腕をまわして、テオドシーネの肩を抱いてくれる。

「テオ」

「シエル様、ありがとうございます……」

「うん、大丈夫。大丈夫だよ」

落ちてくるやさしい声に、鼓動が大きく鳴り始める。

目を閉じて耳を澄ませると、その中に、シエルフィリードの鼓動も聞こえるような気がした。

◇

ぱたぱたと慌てた足音が近づいてきて、テオドシーネは目を覚ました。

首をひねればシエルフィリードの寝顔が目の前にある。きめ細かな肌に通った鼻すじ、かぶりものをしなくなったいまでもなぜか常に潤い満点の唇。まぶたの縁を彩る繊細な銀の睫毛は、目を閉じているせいかいつもより長く見える。

(ひああ……っ、か、かわいい……っ)

気づかないうちに図書室のソファで眠り込んでしまっていたらしい。シエルフィリードはテオドシーネの頭を自分の肩にもたれさせるようにして腕をまわしてくれていた。

王都へ出ることができなかったと、自嘲《じちょう》の表情を浮かべていたシエルフィリードだけれども。そのかわり、自分にできるすべてのことを彼はしたのだ。そして、テオドシーネにも寄り添ってくれた。

たくさん泣いて、泣き疲れて眠って、顔は酷いことになっているだろうが、心はすっきりしている。

清々《すがすが》しい心持ちでテオドシーネは立ちあがった。

足音が図書室の扉の前までやってきた。

時計を見れば昼食の時刻はとっくにすぎている。物音も立てずに寝入ってしまったシエルフィリードとテオドシーネを、さがしているのかもしれない。

そんなのんきな想像を、テオドシーネはしていたのだが。

「旦那様、奥様！　王太子殿下と、そのお連れ様がいらっしゃいました。応接間でお待ちです！」

けたたましい物音とともに飛び込んできたリュシーは、想定外すぎる急を告げた。

# 第四章　新婚生活を笑いにきた？

ピエトロ来訪の報《しら》せを受けたテオドシーネの行動は速かった。

「ぼくがお会いする。着替えを——」

リュシーの声に目覚めたシエルフィードが立ちあがるも、指示は半ばで宙に消えた。

「シエル様を、お部屋へ！」

言うや否や、リュシーと、さらに駆けつけてきたエリーとともに三人がかりでシエルフィードを抱えあげ、彼の寝室に押し込んだのである。

「テ、テオ!?　主人のぼくがもてなさなければ……」

「シエル様は、散歩中に石に蹴《け》つまずいて腹部を強打、意識が混濁していることにいたします」

「色々と無理があるよ!?」

「しっ、これをかぶって……」

テオドシーネはクローゼットから取りだした目出し帽をシエルフィードにかぶせた。輝く銀髪が見えなくなる。その上からさらに、馬のかぶりものもかぶせた。彼の愛馬ゼピュロスがシエルフィリードを守ってくれるはずだ。

「テオ!!」

叫ぶシエルフィリードの前で部屋の扉が閉まる。廊下に設置されたソファを三人で引っぱってきて扉の前に積み重ねていると、ドアノブがガチャガチャと動いた。

「テオ！　ぼくが行かなきゃ……！」

何事かと集まる使用人たちを前に、テオドシーネは決然と宣言した。

「私がピエトロ殿下とマリリン様のおもてなしをいたします。皆さん、クイン家の一員として立派に務めてくださいませ」

予告もなく現れた彼らの目的が、先の無礼に対する謝罪であるわけがない。むしろその逆、追い詰められたピエトロが、ふたたび暴走を始めたのだ。

ならば、シエルフィリードの美貌《びぼう》を、そして嘲笑《あざわら》って捨てたはずのテオドシーネの幸福を、ピエトロとマリリンは許さない。それらは隠さなければならないものだ。

クイン家にやってきてから、すでに三月《みつき》。テオドシーネの心の傷は癒えた。前を向けるようになった。自分の望みを、口に出せるようになった。

「シェル様は、私が守ります」

婚約破棄を突きつけられたあの日に比べれば、二人の矢面に立つくらいなんてことない。

髪と化粧を急いで直し、ドレスを着替えると、テオドシーネは応接の間に現れた。

屋敷の女主人が現れたというのにピエトロは我がもの顔でソファにふんぞり返り、マリリンはべったりとピエトロにもたれかかって腰をあげる気配もない。

じろりとテオドシーネを見たピエトロが軽く目を見張った。

（なんだ？　雰囲気が変わったような……）

テオドシーネといえば、すらりとした体つきは品があると言えなくもないが、いつも真面目《まじめ》くさった顔をして、かわいげのない令嬢だったはずだ。それがいまは、礼儀正しい態度の中にも、どこか満ち足りた柔和さがただよう。

（いいや、マリリンに比べれば）

マリリンの素顔を見、一時は情熱の冷めかけていたピエトロだったが、化粧を施し豪奢《ごうしゃ》なドレスに着替えた姿はやはり誰《だれ》よりも美しく、恋の炎はふたたび燃えあがった。

華奢《きゃしゃ》な繊細さこそピエトロの求めるもの。テオドシーネに心騒がすことなどあってはならない。

一方でテオドシーネも、ピエトロの姿に驚きを感じていた。

ピエトロの胸には見慣れぬ青い花が飾られてる。寄り添ってソファに沈むピエトロとマリリンは、宝石をちりばめた絵画のように煌《きら》めいて見える。

けれど、二人まとめても、シエルフィリードの可憐《かれん》な美貌には敵《かな》わない。ようやくシエルフィリードに慣れた目で見れば、自分はどうして彼らに引け目を感じていたのだろうと不思議に思ってしまうくらいになんの感情も呼び起こさなかった。

そんな内心を隠し、テオドシーネは膝《ひざ》を折り、頭をさげる。

「お待たせいたしまして申し訳ございません。王太子殿下、ならびにマリリン様におかれましてはご機嫌《きげん》麗しゅう。本来ならば当主シエルフィリード・クインがご挨拶《あいさつ》をすべきところですが、あいにく今朝《けさ》方から病に臥《ふ》せっておりまして」

二人分の視線が突き刺さるのを感じつつ、テオドシーネは一応待ってみた。客人たちの口から突然の来訪についての弁明や、過去に対する謝罪が出てくるのを。

しかしピエトロは、頭をあげろとも言わずに鼻で笑っただけだった。

「結婚生活はどうだ？　なぜ誓約書を王都へ提出しない」

「──ンんフッ」

口から奇妙な音が漏れてしまい、テオドシーネはそっと口元を押さえる。

ピエトロの声は冷たい。だがその問いは、これまでの記憶をよみがえらせるものだった。はにかみ、照れ、涙に濡《ぬ》れ、そしてやさしいまなざしを向けてくれるシエルフィリードが脳裏を高速でよぎり、うつむいた鼻から血が出るのではないかと心配になる。

幸いにもピエトロは、答えを返さないテオドシーネの態度を勘違いした。

「ふん、病とな。会わせられない理由があるんだろう。本当に魔物になってしまったか？　そうでなくとも、王太子の前に出せる人間ではないが」

「まあ、会ったことがおありですの？」

「俺ではないが、俺に代わって、この結婚を告げにいった使者が、な」

驚くマリリンに笑い声を立てると、ピエトロは使者から聞いたのだという接見の様子を語ってやった。

「噂《うわさ》と違って背丈は普通の男だそうだ。頭はゴブリンの仮装をして、そのくせ声は弱々しく、ほとんどしゃべらずじまいだったという」

「いやだあ、ゴブリンだなんて。怖いですわあ♡」

「俺《おれ》がいるさ」

怖いとも思っていなさそうな声で言うマリリンを抱きよせ、ピエトロは鼻の下をのばしている。

テオドシーネにはシエルフィリードの心がわかった。王太子殿下から遣《つか》わされた使者を「人型のかぶりものでお出迎えしよう」という、せめてもの、斜め上すぎる気遣いだ。近ごろでは情けないところを見せなくなったシエルフィリードの過去の逸話に、少しだけ胸がときめく。

(いけないわ、しゃんとしなければ)

ゆるみそうになる口元を引きしめる。

「そんなのが領主で、クイン領の役人どもはさぞや困っているだろうよ——テオドシーネ、お前もだ」

テオドシーネの頭上へ、喉《のど》の奥をしぼるような不快な笑い声が降ってきた。心の底からこの状況を楽しんでいるとは言えない、どこか必死な気色のある笑い声だった。

「王都に戻りたいのだろう？　だから婚姻誓約書も出さずにいる」

「——……」

「顔がこわばったわ。図星ですわね」

楽しげに言うマリリンの声も、本心からとは思えない響きがある。そうであってほしいと願い、その証拠をテオドシーネの表情にさがしているような。

「お前が意地を張らなければ、俺だって婚約破棄まではしなかったのだぞ。お前のような女と〝変人公爵〟がうまくいくはずもない」

ピエトロはわざわざソファから身を起こすと、テオドシーネの顔の前へと足を向けた。眼前に艶《つや》やかな革のつま先が迫る。

「俺の言うことを聞くなら、王都に復帰させてやる」

「……あなたの靴を舐《な》めろとでも？」

「いまならまだ、お前たちは正式な夫婦ではない。王太子の俺が手を打てば、侯爵令嬢として王都に戻ることができるんだ。そうだ、新しい結婚相手を見つけてやろう。〝変人公爵〟よりももっとマシな男を……」

（シェル様を閉じ込めておいて正解だったわね）

テオドシーネは怒りに震えそうになる体を押し留《とど》めた。こんな茶番に、シエルフィリードがつきあう義理はない。

領地を盾に国境の防衛を負わされていたシエルフィリードは、周辺領の横暴を中央へ訴え出ることも考えていたはずだ。王家の使者がやってきたと聞いて、不正が糺《ただ》されるのではと期待しただろう。

それが、使者が告げたのは、自分を蔑《さげす》み、婚約破棄された令嬢を押しつけようとする王太子の言葉。

そんな無礼を働かれて、国を信頼できるわけがない。

顔をあげ、テオドシーネは立ちあがった。背すじをのばして胸を張り、重ねた両手は腹に添える。

地位のある貴婦人として、非の打ちどころない立ち姿だ。

真正面から見下ろされ、薄ら笑いを浮かべていたピエトロとマリリンも表情をこわばらせる。

「な、なんだ……面をあげてよいとは言っていないぞ。無礼だろう」

「ピエトロ殿下。私にも悪いところがございました。私は政務を肩代わりすることはできたけれど、あなたの心を支えることはできなかった。過去の私に、殿下を思いやるだけの余裕はなかったから……それは事実です。けれど、本当にこれでいいのですか？」

瞳《ひとみ》に炎を燃やしながら、口調はあくまでやさしく語りかけるテオドシーネに、ピエトロはぐっと喉を詰まらせた。

（やはり本当は理解していらっしゃるのだわ）

己の立場が危ういことも、落ちぶれたはずの元婚約者を嘲笑いにきている場合ではないことも。王太子であることをことさら強調する物言いもそう。現実から目を逸《そ》らし、自分よりも下の者を見て安《あん》堵《ど》しようとする。しかし彼の権力はもはや砂上の楼閣《ろうかく》だ。

先ほどこぼれたのがピエトロの本音だ。テオドシーネの後悔につけ込んで、王都へ復帰させたい。一連の発言はテオドシーネを追い詰めるためのもの。自分に縋《すが》りつき、王都へ戻してくれと懇願するテオドシーネを、ピエトロは夢想している。

でもそれは、傾きながら沈んでいく己の姿から目を逸らしているだけ。

「貴様——俺に、逆らうのか」

「僭越《せんえつ》とは存じますが、申しあげます。国王陛下から訓戒を賜ったのでしょう？　勉学に励み、将来の国王にふさわしき教養を身につけるようにと……」

そして、さもあらずば王太子の地位は取り除かれるであろうと、そう国王は言い渡したはずだ。

愕然《がくぜん》とピエトロの目が見開かれる。

彼にとっては最も知られたくなかった父親との対話だ。

「なぜ貴様がそれを知っている……⁉」

「国王陛下が直々にお手紙をくださったからです」

「ピエトロ様？　なんのお話ですか？」

蒼白《そうはく》になったピエトロに、マリリンも驚きの声をあげた。

「ピエトロ様！　ねえ、なんなのです⁉」

キャンキャンと吠《ほ》えたてる子犬のような声に、ピエトロは顔をしかめた。マリリンがいけすかない
マッキンタイアの教育に耐えてきたのは、その先に王太子妃の座があるからだ。そしてテオドシーネ
が王都へ戻れば、煩わしい政務は彼女に押しつけて、マリリンは王太子妃としての暮らしのみを享受
すればいいはずだった。

「ピエトロ様――」

「うるさい‼」

怒鳴りつけられ、マリリンはびくりと身をすくめる。

手負いの獣のように、ピエトロは荒い息を吐き、汗をにじませてテオドシーネを見上げた。

「国王陛下は、あなたのことを信じておいででした、ピエトロ殿下」

婚約破棄の直前。自分の言葉がピエトロには届かないと知ったとき、テオドシーネは身のまわりの整理をした。

一つは、叔父《おじ》の領地へ隠遁《いんとん》するための手配。

もう一つは、国王陛下への直訴である。万が一ピエトロ様が王家と侯爵家の取り決めに横やりを入れるようなことがあれば、そのときにはしっかりとまなこを開いてご子息をご覧ください――テオドシーネはそう告げた。

あの時点では国王は半信半疑であったが、実際にピエトロが婚約破棄に踏みきったと聞いて、彼を諭し、手紙をくれたのだ。

だから――まだ間にあうはずだったのに。

「貴様……父上と組んで、俺を陥れようとしたのか⁉」

「違います！　ピエトロ殿下――」

「お前はいつもそうだ‼」

「きゃあああっ‼」

マリリンを押しのけ、ピエトロは立ちあがる。乱暴な扱いにマリリンが悲鳴をあげても、見向きもしない。

「お前は――俺のわからないことばかり、わかったような口を利いて――側近たちだって俺をさしおいてお前の意見ばかり聞く‼　父上も、テオドシーネ嬢、テオドシーネ嬢と――」

「ピエトロ殿下……」

「最初からお前が仕組んだことだったのだな⁉」

テオドシーネは唇を噛《か》んだ。

テオドシーネが陥れるわけがない。ピエトロがテオドシーネを陥れようとしたのだ。ピエトロに逆らったことだってなかった。テオドシーネは国のために動いただけ。この期に及んでそんな妄想に縋っているようでは更生の見込みはない――国王陛下はそう判断してしまうだろうに。

どんな形でもいいから努力をしなければ、スタートラインにすら立てない。

生まれながらに恵まれた地位と美貌を持ったピエトロは、努力の仕方を知らぬままに成長してしまった。自分とは違って耐えなくともよい彼を、テオドシーネは羨《うらや》んだ。

でもきっとピエトロも耐えていたのだ。そばで支えてくれるはずのテオドシーネが、自分を置いて先へ先へと進んでしまう孤独に。

そのことにテオドシーネが気づいたのは、シエルフィリードと出会ってからだ。

「あなたは変わらなければならないのです。自分を変えずに目を逸らしていても、何も解決しない！ピエトロ殿下が変わろうとなさるなら、わたくしもお手伝いいたします。だから……‼」

「俺に指図をするなあッ‼」

追い詰められたピエトロに、テオドシーネの声は届かない。

身の内に巣食う恐怖と、しかしそんなものでは矯正しきれない傲慢《ごうまん》にがんじがらめになって、動けない。

美しい顔をしているといっても相手は男だ。体の大きな存在から見下すように睨《にら》みつけられれば恐怖が湧《わ》きあがる。

けれど逃げてはいけない。

これはピエトロに歩みよることをしなかったテオドシーネの責任でもある。

もっと早く、ピエトロの孤独に気づいていれば。

「俺を……俺のことを、心の中で笑っているんだろう⁉」

まるでお伽話《とぎばなし》の小鬼のように、髪を振り乱し、目を血走らせ、歯を剥《む》きだしにして。

いからせた肩にうっすらと蒼白《あおじろ》い火花が見えた。怒りのあまり魔力が暴走しかけているのだ。皆が褒めそやした金髪も、蒼ざめて逆立った。

「ひ……っ、いやあ、ピエトロさま……！」

泣き声をあげるマリリンをおいて、ピエトロの表情は歪《ゆが》んでゆく。

テオドシーネは視線を逸らさなかった。

ピエトロが火花の散るこぶしを振りあげたときも。

そのこぶしがうなりとともに自分へ向かってきたときも。

しかし、訪れるはずの衝撃は、突如として現れた影によって遮られた。

「……‼」

ピエトロのこぶしが宙で止まる。

その腕をつかんでいるのは――馬のかぶりものをした、紳士。

シエルフィリードだ。

バチリと音がして、手袋の焦げる匂いが鼻をつく。

「シェル様……!? なぜ……」

閉じ込めたはず、とは言えずに黙ったテオドシーネに、シエルフィリードは静かに告げる。

「ここはぼくの屋敷だ。ぼくはこの屋敷の主人だ。主人が命じれば、扉だって開くさ」

驚きに言葉を失うテオドシーネの背後では、開きっぱなしの扉からセバスチャンがおそるおそると顔を覗《のぞ》かせている。

誰も何も言えない。声を発するものは一人もいなかった。

ピエトロの目は、ちょうど自分の目線のあたりにある馬の顔を凝視していた。話には聞いていても、実物を見れば咄嗟《とっさ》の反応などできない。それだけのインパクトが、馬のかぶりものにはある。

マリリンも血の気の失《う》せたまま、ソファから馬の顎《あご》を見上げている。

シエルフィリードの片手が馬の横面にそえられる。

ぐいん、と馬の顔が歪んで、かぶりものがとれた。

現れたのは、目出し帽をかぶった人間。

ピエトロが状況についていけないうちに、シエルフィリードはぐっと頭頂部をつかむと、それすらも脱ぎ去った。

「な……!?」

「まあ……!!」

あらわになった素顔にピエトロとマリリンが同時に息を呑《の》む。

テオドシーネもまた、声にならない声をあげてシエルフィリードを背後から見つめた。繊細な銀糸の髪は乱れて絡みあい、二重のかぶりもののせいか頬《ほお》は上気して、唇は艶やかかに濡れて潤んでいる。

その中で、怒りを燃やす淡灰の瞳だけが冷たく輝く。

言葉を失う美しさだった。

周囲の驚愕《きょうがく》には気づかぬまま、シエルフィリードは一度テオドシーネを振り返ると、またゆっくりとピエトロに向きなおった。

「ご挨拶が遅れ、失礼いたしました。シエルフィリード・クインと申します。――ピエトロ・レデリア王太子殿下」

「そうだ、俺は王太子だぞ!!　こ、この、無礼者おぉッ!!」

バチバチと起こった空気の擦れる音は、一瞬でやんだ。床にぱらぱらと氷の粒が落ちる。ただ魔力を放出するだけの雷魔法が、二度も通じるわけがない。ピエトロの魔力を、シエルフィリードが氷魔法で封じ込めたのだ。

「ぐ……っ」

「わたしの屋敷で、わたしの客に、何をされようとしていたのですか」

静かに問うシエルフィリードの立ち姿には隙《すき》がない。焦ったピエトロが腕を引くが、手に力を込めただけでその動きを封じてしまう。ドラゴンと単独で対峙《たいじ》できるシエルフィリードが相手では、魔法使いとしても、騎士としても、ピエトロに勝機はない。

投げかけられた問いに、ピエトロは答えない。

答えられないのだ。

体勢としてはシエルフィリードがややピエトロを見上げるようになってはいるが、天使が背後に天の軍勢を引き連れるがごとく、シエルフィリードは堂々とした威圧を放っていた。

「……お引きとり願いましょう」

シエルフィリードがピエトロの腕を離してやると、自由になったこぶしは力なく宙をかいて落ちた。ついでに、体中の緊張の糸が切れたのかピエトロは床に尻《しり》もちをついて座り込んでしまう。

「嘘《うそ》だ……まさか……嘘だ、ありえない……」

虚《うつ》ろな視線をシエルフィリードの顔にさまよわせながら、ピエトロはぶつぶつと呟く。

「まさか……この俺より美しいだと……？」

テオドシーネはそんなピエトロを、眉《まゆ》を寄せながら見つめた。

幼いころから見目のよさを褒められて育ったピエトロの最後のよすがを、シエルフィリードは完璧《かんぺき》に打ち砕いてしまったのだ。……無自覚に。

学問の成績や政務の処理能力でテオドシーネが勝《まさ》ってしまったせいで、ピエトロは自尊心のほとんどを地位と外見に依ってきた。

ピエトロが傍若無人に振る舞えた理由の一つは、彼が顔を見せれば歓喜に沸く民の姿だった。

多少できの悪いところがあろうと、上に立つなら美しい者のほうがよい。自分は神に愛されている。

自分が王となることを民も望んでいる――。

しかしシエルフィリードを前に、ピエトロは悟ってしまった。

自分は神に一番愛された人間ではなかった。

現にマリリンも、恐怖に唇を震わせながらもシエルフィリードの美貌から目が離せなくなっている。

（わかるわ……馬から出てくるといっそうなのよね）

テオドシーネは初めて屋敷を訪れた日のことを思いだした。

婚約破棄によって引っかきまわされた感情に、馬のかぶりものの衝撃が重なり、脳が疲弊を起こす。それを狙《ねら》ったかのように投入されるシエルフィリードのきらきらしい素顔は、精神の許容量を超える。

正直に言えば、テオドシーネもまた、颯爽《さっそう》と現れたシエルフィリードの雄姿に腰が砕けそうになっていた。

「テオ」

真《ま》っ赤《か》になったテオドシーネを、シエルフィリードが振り返る。なぜか切なさをたたえるまなざしにどきりと心臓が跳ねた。

え、と思う間に力強く抱きしめられて。爽《さわ》やかな香水の中に、少しだけシエルフィリード自身の匂いがする。けれどもそれは、不快ではなくて、むしろ蕩《とろ》けるような体温を感じた。

「ぼくが身を引くべきだとはわかってる。前途ある若いテオをぼくに縛りつけるべきじゃないってことも。でも――それでもいっしょにいたいんだ。もうかぶりものだってしてないし、人前にも出る。よい夫になると誓うよ。だからぼくと結婚して……」

「シエ、シェル様？」

情熱的な愛の告白に目を白黒させていると、涙に濡れた瞳とぶつかった。

「ピエトロ殿下は、テオを連れ戻しにきたんだろう？　テオの魅力にやっと気づいたから」

ぐらりと持っていかれそうになる意識を引き留め、鼻を押さえながらテオドシーネは首を横に振った。

前半は正しいけれども、後半は間違っている。

「でも、テオは渡せない」

訂正する前に結論を出して、テオドシーネの肩越しにシエルフィリードはピエトロを見る。テオドシーネからは見えないが、「ひっ」とピエトロの悲鳴が聞こえたから、よほど怖い顔をしているらしい。

後ずさりするピエトロに向かって、シエルフィリードは焦げた跡の残る手袋を投げつけた。

乾いた音を立てて床に落ちる手袋は、決闘の申し出だ。

「どうしてもというのなら、ぼくを倒してからにしていただきます」

「……っ！」

今度こそ耐えきれなくなったテオドシーネが膝から崩れ落ちる。

(この人は……っ！)

どこまで自分を悶《もだ》えさせれば気がすむのか。

「テオ！」

胸を押さえがくりと膝をつくテオドシーネに、シエルフィリードが慌てた声をあげる。

「どうした、テオ？　どこか痛いのか？」

痛いというなら胸が痛い。かわいいかわいいと思っていたシエルフィリードのまばゆいばかりの雄姿を見せつけられて、心の臓は口から飛びだしてしまうんじゃないかと思うほどにばっこんばっこんと血流を送りだしている。

距離を縮めたとは思っていたけれど、いつのまにこんなにも大きく心は育っていたのだろう。

シエルフィリードがさしのべてくれた手をとり、テオドシーネはほほえんだ。

「私はピエトロ殿下とは戻りません」

「……本当に？」

「はい。シェル様とずっといっしょにおります」

初めてテオと呼ばれた日。呼びかけることすら難しそうだったシエルフィリードが、いまは自分の感情をこんなに表現してくれる。

それはなんて、幸せなことだろう。

扉の外では増えた使用人たちの真ん中でセバスチャンが泣いている。リュシーとエリーの涙腺も崩壊寸前のようだ。

そして、感動的な場面に呆然《ぼうぜん》とする人物があと二人。

「お前たち…………いつのまに……」

それだけの声を漏らすのがピエトロにはやっとだった。マリリンに至っては完全なる放心状態だ。いつのまにそれほどの仲になっていたのか。それは疑問ではなく独白に近い。

〝変人公爵〟との生活を嫌がるテオドシーネを連れ戻すという計画は、最初から破綻《はたん》していた。すべてが自分の空回りだったことを、ピエトロはようやく知った。

自分には笑顔を見せなかったテオドシーネは、いま目の前で、幸せそうにシエルフィリードの手をとっている。

「ピエトロ殿下。〝変人公爵〟など、どこにおりますか」

まだ多少、頼りない部分があるのは認めるけれど。

「人は、変われるのですよ」

テオドシーネの笑顔に、ピエトロは眩《まぶ》しそうに目を細めた。

◇

自分たちをはるかにしのぐ、絶世の美貌という雷《イカヅチ》に撃たれ魂が抜けてしまったピエトロとマリリンは、幽鬼のごとくなった身柄を王都まで送り返された。

シエルフィリードがまた寝込むのではとテオドシーネは看病の支度をして身構えていたが、王太子《ピエトロ》と対峙したあともシエルフィリードはなんとか持ちこたえ、普段どおりの執務をこなした。

よろこばしいことに、貴族恐怖症は軽減しつつあるようだ。

「テオは言っていたよね。ぼくは強くて、よい領主で、レデリア王国に欠かせない存在だって。ピエトロ殿下の前に飛びだしたのは怒りに我を忘れて、だけど、相手を見たら、テオの言葉が本当かもしれないと思えたんだ」

（それはつまり、ピエトロ殿下になら勝てそうと思ったということですね）

声には出さず、内心で呟く。実際に勝てたのだから仕方がない。赤子の手をひねるように、シエルフィリードはピエトロの抵抗を封じた。

そしてシエルフィリードは気づいたのだろう。自分が成長し、力を得ていたことに。

彼の変化を引き起こしたきっかけが自分であるなら、こんなに嬉《うれ》しいことはない。

かわりに異性の好みを歪ませられた気がするが、一生を添う相手がシエルフィリードならばかまうことはないだろう。


しばらくして、ピエトロが王太子の座を降りたという報せがユフ侯爵からの手紙で伝えられ、さらに遅れること数日、国王ギルベルトの親書によっても肯定された。

クイン家から戻ったピエトロは数日のあいだふさぎ込んで部屋から出てこない有様であったが、姿を見せた際に自分から王太子の立場を返上すると告げたという。ギルベルトはピエトロの申し出を聞き入れた。新しい王太子に弟を指名するには時期尚早として、王太子の座は空白となった。あまりにも急に体制が変われば、混乱にもつながるという判断だった。

『あらためて君に会って、己の未熟さをようやく理解したのだろう』とギルベルトは書いているけれども、どちらかというとシエルフィリードに会って自信を打ち砕かれたというのが正しい。そこについてだけは同情してしまうテオドシーネだった。

　ピエトロとマリリンの脱走を手引きしたのは、ブレンダン伯爵の令息ジェイネスだという。緊急の事情があるからとマッキンタイアや衛兵を説き伏せて二人を連れだした。折しもその日は、ブレンダン伯爵が魔物に関する報告を怠っていたとして宰相ダニエル・ユフ侯爵に呼びだされていた日だったため、攪乱《かくらん》を狙ったものとして罪は重くなった。

　国境防衛に関しての偽証は大罪だ。取り調べの結果、主犯格はブレンダン伯爵家であると断定された。ピエトロの取り巻きであったことは罪にはならないが、婚約破棄と王宮脱走に深くかかわったことは見逃せない。ブレンダン伯爵家はとり潰《つぶ》され、ジェイネスは王都を追放された。

　ミーア男爵家をはじめとして、ウィルマ男爵家やモンドル男爵家といった西辺領主にも、それぞれ罰金や賦役《ぶえき》などが課されたそうだ。

　しかし、そうした罰以上に彼らが恐れたのはシエルフィリードの対応だった。ブレンダン伯爵の策にのり、シエルフィリードを貶《おとし》めて魔物の討伐を押しつけていたのは彼らも同じ。王都からは連日大量の贈りものが届き、『どうかこれからも領地を守ってくださるように』という懇願の手紙がついてきた。

　不遇の原因を自分のふがいなさのゆえと認識しているシエルフィリードは、受けとる理由がないと金品を王都に送り返し、謝罪に訪れるという申し出も丁重に断った。

（無自覚なのでしょうけれど……）

　テオドシーネは苦笑する。

　シエルフィリードは気づいていないが、西辺領主たちにとっては謝罪をにべもなくはねつけられ、今後の保証もされないという意味になる。

しばらくは不安で眠れない日々が続くだろうが、彼らが幼いシエルフィリードにしたことを思えば、そのくらいの意趣返しは物の数にも入らないと、テオドシーネは何も言わないでおいた。

旧ブレンダン領の一部はクイン公爵領に編入された。残りの領地は、王家の直轄領としてピエトロが管理する。

領地を与えられたということは、実質的には臣下の扱いだ。いずれ王家の一員から外れるということでもある。

「え、ブレンダン領にピエトロ……殿下が？」

「はい、ピエトロ殿下が」

一瞬シエルフィリードが言葉に詰まったのは、ピエトロの微妙な立場のせいだ。とはいえ王子という称号自体は消えていないため、殿下と呼ぶのが正しいだろう。

親書を手に頷《うなず》いたテオドシーネに、シエルフィリードはめずらしく嫌そうな顔をした。

「テオのことが好きだったらどうしよう……」

「それはないと思いますよ」

「わからないよ。テオはとても魅力的だから。賢くて、行動力があって、そのうえやさしさにあふれている。久しぶりに顔をあわせて、そのことに気づいたのかも」

顔を思いきりしかめ、いつもよりほんのちょっとだけ不細工になったシエルフィリードはやっぱりかわいくて、テオドシーネは顔を引きしめておくのに苦労した。

「シェル様。その心配をしなくてすむ方法がありますよ」

何も言わないうちからセバスチャンがペンとインクを運んできた。

頬を染めるシエルフィリードの頭には、テオドシーネと同じものが浮かんでいるだろう。

鍵《かぎ》付きの戸棚にしまい込まれている、テオドシーネのサイン入りの婚姻誓約書だ。

「ピエトロ殿下が持ちだした婚姻誓約書は、私たちがそう望むのなら、正式な書類になる、と」

これも国王陛下のお言葉ですと親書を読みあげれば、シエルフィリードは真っ赤になってしまった。

# 第二話　渾名《あだな》は返上いたします

## 第一章　季節外れの幼赤竜

　送り込まれたときには実りの季節だったクイン領に、冬支度の慌ただしさが迫ってきた。いつのまにか季節を一つ越えたのだと、底冷えのする朝で気づく。空気は澄み、磨かれた大理石の床は冷たい輝きを増している。

　シエルフィリードいわく、変温動物であるドラゴンは気温の低下とともに活動が鈍くなるそうだ。真冬には雪も積もるレデリア王国側にはあまり出没しなくなり、グリーベル山脈を越えて春の訪れまで南下しているようだという。

「なら、王都へ行くには冬が最適ですね」

　シエルフィリードやセバスチャンとともに日程を確認しながら、テオドシーネは頷《うなず》いた。

　婚約破棄から起きた一連の騒動が決着し、あの日、シエルフィリードとテオドシーネは婚姻誓約書を挟んで向かいあった。誓約書にはすでにテオドシーネのサインがある。あとはクイン家の当主であるシエルフィリードがサインをし、ユフ家の当主であるテオドシーネの父親がサインをすればよい。

（お父様は王都にいらっしゃるから、誓約書を提出するときにサインをいただけばよいわ）

すでに国王ギルベルトにも父ダニエルにも書状で許可はとっている。

「本当にいいのかい？　ぼくはこんなだし、歳《とし》だって……もう人生の半分をすぎかけてる。あ、早いとこテオに財産を遺《のこ》せるという点ではいいかもしれないけど……」

「縁起でもございません。シェル様は長生きしますよ。私以上に」

戸棚からひっぱりだされた婚姻誓約書を前に、銀の瞳《ひとみ》をきらきらと瞬《また》かせながらシエルフィリードは何度も懸念を口にしたが、テオドシーネからすればこれだけの肌艶《はだつや》をたもちながら何を言っているのか、と呆《あき》れるくらいだ。

おまけに言葉では不安をあふれさせていたシエルフィリードも、ペンを持てばあっさりと誓約書にサインした。そして誓約書をいそいそと丸筒に入れてリボンまでかけているものだから、テオドシーネはつい笑ってしまった。

くすくすと笑い声を漏らすテオドシーネが何を思いだしたのか、シエルフィリードにもわかったらしい。頬《ほお》を染めて、むっと唇を尖《とが》らせる。

「……!!」

シエルフィリードはもうかぶりものをしていない。だからそんな、これまでにシエルフィリードが見せてこなかった表情を初めて見せられたときも、ばっちりテオドシーネの目に飛び込んでくる。

「ど、どうしたの、テオ」

「いえ……なんでもございません……」

突然よろめいてうずくまったテオドシーネにシエルフィリードがおろおろとしているうちに、リュシーとエリーが駆けつけてテオドシーネを助け起こした。

「リュ、リュシー、エリー、そんなに急に立たせては……テオの気分が悪いなら、ソファに寝かせないと」

「いえ、問題ございません」

同じ台詞《せりふ》をくり返すテオドシーネを、リュシーとエリーが両側から見た。

「奥様、旦那《だんな》様は鈍いお方ですから」

「きちんと申しあげなければ心配されっぱなしですよ」

「鈍い!?」

「はい鈍いです」

驚きの声をあげるシエルフィリードにリュシーがきっぱりと答える。この場にはセバスチャンもいるのだが、苦悩の表情で壁際に控えているあたり、甘やかしすぎずに見守ることに決めたらしい。

「そうね……私も、気恥ずかしくてつい」

リュシーとエリーの肩から腕を離し、テオドシーネはシエルフィリードに向かいあった。

「シエル様。先ほど私がしゃがみ込んだのは、気分が悪かったからではありません」

やはりシエルフィリードにはわからないらしく、じわじわと赤みを増していくテオドシーネの顔を不思議そうに見つめるだけだ。

そういえばシエルフィリードを見ては悶《もだ》えていたことは、本人には知らせていない。これまで自分に自信が持てなかったシエルフィリードからすれば、自分に見惚《みほ》れ、あまつさえ悶えるほど心をわしづかまれている女性がいるなどとは思わないのだろう。

「シェル様が……あまりにも、かわいくて。感情が追いつかず、倒れてしまいそうになるのです」

こほん、と咳払《せきばら》いをしつつ視線を逸《そ》らし、テオドシーネは目の前に立つシエルフィリードの反応を待った。けれど、いくら待っても、シエルフィリードからの返答はない。

呆れられたのか、とちらりと表情を盗み見れば。

「シェル様……⁉」

シエルフィリードは、茹《ゆ》でたように真《ま》っ赤《か》になっていた。テオドシーネの頬の熱さなど比較にならない。いつもは白磁のように白く滑らかな肌が、ここまで赤くなるのかというほどに耳の先から首の付け根まで染まりきっている。

「大丈夫ですか⁉　お熱があるのでは⁉　セバスチャン、シェル様を部屋へ！」

「待って、テオ、ぼくは大丈夫だ」

「私ったら、ご負担をかけすぎてしまったのだわ……！」

制止の声も聞こえないくらいに狼狽《ろうばい》したテオドシーネは、懸命に肩を貸してシエルフィリードを連れていこうとする。呼ばれたセバスチャンはテオドシーネを止めるべきか助けるべきかを悩みながらともに部屋を出ていった。

「似たものご夫妻……」

「似たものご夫妻ですね……」

三人の後ろ姿を眺め、リュシーとエリーはうんうんと頷きあった。

◇

予想を裏切る報《しら》せが飛び込んできたのは、それから数日後、日に日に早くなる夕暮れ時のことだった。

居間で午後のお茶を楽しんでいたシエルフィリードとテオドシーネの耳に、馬のいななきが聞こえた。と思えば、廊下を焦った足音が近づいてくる。

気づいたシエルフィリードがセバスチャンに合図した。何事も心得ている家令は、家具の後ろから衝立《ついたて》を取りだし、二人を隠すように置く。

そしてちょうどセバスチャンが扉を開いたところへ、一人の伝令が飛び込んできた。

「クイン領の国境付近にドラゴンが現れたとの報告がありました」

動きやすい軽装にもかかわらず、伝令の額には汗がにじんでいる。

「ドラゴンが？」

「はい。すでにロドリオ副団長らが向かっています。小さな雛《ひな》ですから騎士団だけで討伐は可能かと思われますが……場所が、旧ブレンダン領の、これまで立ち入ったことのない地区でして」

念のため騎士団長であるシエルフィリードにも出陣いただきたいと、ロドリオは求めていた。

「わかった。すぐ行く」

シエルフィリードの答えにほっとした息をつくと、伝令は「では、私は馬にて先導します」と礼儀正しく腰を折り、部屋を出た。

シエルフィリードが鎧《よろい》の支度を命じる。

「冬にはドラゴンは活動しないはずでは？」

「ああ、しかも雛というのが気になる」

セバスチャンの掲げるすね当てに足を通しながら、シエルフィリードも考え込む顔つきになった。

「私もお供してもよろしいですか？」

「護衛のそばにいるのなら。テオにも原因を考えてもらったほうがよさそうだ」

テオドシーネも侍女たちと自室へ行き、乗馬服に着替える。シエルフィリードはゼピュロスで出陣するという。テオドシーネもノトスに跨《また》がることにした。

「そういえば、騎士団にも役人にもシェル様のお姿を見せていないのよね。不思議には思われないのかしら」

たびたびやってくる出陣要請の際にも、役人たちから報告を聞く際にも、シエルフィリードは衝立を挟んで対応していた。テオドシーネが役人だったら気になる……というか、正直にいえば、何かあるのではないかとあやしむ。

クイン家で暮らすうちに慣れてしまったけれども、これから王都へ行って顔を見せようというときにあらためて直面すると奇妙な光景であることに間違いはなかった。

「旦那様のお姿は恐ろしすぎて、直視すると気を失うというまことしやかな噂《うわさ》が流れておりまして」

「要はまあ、みんなそれなりに慣れております」

「そうなのね……」

恐ろしすぎてというよりは理解の範疇《はんちゅう》を超えた美しさ、その中から覗《のぞ》くいじらしさと謎《なぞ》の色気に圧倒されることはたしかにあるかもしれない。初対面のテオドシーネも面食らったし、その後はしばらく挙動不審になった。

（でも、いずれはシェル様のお姿を皆に見せなければ）

速歩《はやあし》で駆けるノトスの背に揺られながら、テオドシーネは前を走るシエルフィリードの鎧姿を見つめた。

シエルフィリードは例の氷魔法で自分を大きく見せながら走っている。なのでゼピュロスも、神話に出てくるような巨馬に見える。

もちろん常に魔法を展開し続けているわけではなく、枝葉の重なりあう林を抜けるときなどは普段の身長に戻るのだが、鎧をまとったシエルフィリードや同じく鎧をまとうゼピュロスの堂々たる風貌《ふうぼう》が彼らを大きく見せているらしい。

と同時に、人々の心の中にも、そうあってほしいという願いが根付いているのだろう。

前領主アンドレウスのように、強く、大きく、たくましく。

シエルフィリードは自分を隠し、傷つきながら、その願いに添おうとする。

ノトスの低いいななきにテオドシーネははっとして顔をあげた。手綱がおろそかになっていたようだ。どうしたのかと気遣う声をかけてくれるのだから、やはりノトスは賢い。

「ごめんね、ありがとう」

硬い首すじを撫《な》でてやり、テオドシーネは小さな声で囁《ささや》いた。

クイン家の騎士団が陣を張ったのは、グリーベル山脈のふもとに近い森だった。騎士団が踏み入った際についたのだろう細い道を慎重に歩む。

突然、茂みがガサガサと揺れたかと思うと、大きな影が躍り出てきた。

「ひゃあっ⁉」

悲鳴をあげるテオドシーネの前で、影はがばっと身を伏せる。

「お待ちしておりました、シエルフィリード様！」

シエルフィリードはゼピュロスの歩みを止め、「ああ」と応えるだけだ。

「本日も、お姿たいへんに勇ましく……！」

興奮を隠しきれない声をあげる彼が見覚えのある騎士姿であることに、テオドシーネもようやく気づく。

「ロドリオさん……」

思わず声に棘《とげ》をにじませるテオドシーネに同意するかのように、ノトスも鼻を鳴らした。足元からあやしげな影が飛びだしてきても乗り手が驚愕《きょうがく》の叫びを発してもノトスは慌てた様子がなかった。つくづく優秀な馬だと感心する。

「これは、奥方様。お久しぶりでございます」

顔をあげたロドリオは、テオドシーネにも丁寧に膝《ひざ》をついて挨拶《あいさつ》した。

「お、奥方様……」

ロドリオの呼びかけに動揺したのはテオドシーネではなくシエルフィリードだった。とりつくろうのも忘れ、弱々しい声で鸚鵡《おうむ》返しに呟《つぶや》く。

「はい！　セバスチャンが伝えてくれました。宰相家ユフ侯爵様のご令嬢であらせられるとか。あとは王都へ婚姻誓約書を出しにいくのみともうかがいました。ですので、気が早くはありますが、奥方様と呼ばせていただきたく思います」

どうやらそつない家令セバスチャンは、主人の予定をきちんと関係各所に通達してくれていたようだ。ロドリオは目をキラキラと輝かせてテオドシーネを見上げる。

「以前お会いしたときから、只者《ただもの》ではないと思っておりました！　状況を冷静に把握しようと努める鋭いまなざし、シエルフィリード様へのお心遣い……そのうえ本日は騎乗の姿で！　本当にシエルフィリード様にお似合いの奥方様だと思います」

（でも以前お会いしたときとはだいぶ態度が違うわね……）

あのときのロドリオはテオドシーネをただの客として対応していた。やや砕けた態度だったとも思う。それが、シエルフィリードの妻となる女性だと聞いて、好感度が跳ねあがったのだろう。

ただ、調子のいい男だと胡乱《うろん》な視線を向けて終わりというわけでもない。

ロドリオが告げた褒め言葉は、テオドシーネには意外なものだった。

国境を守る騎士団の一員であり、領主を騎士団長と掲げる彼にとって、魔物討伐の場に臨む妻は称讃されるのだ。ドラゴンを前に気を抜いていたロドリオに厳しい言葉を投げかけたことも、女だてらに乗馬服を着て騎乗で現れることも、マイナスにはならないらしい。

(これが中央の貴族なら、女のくせに生意気だの、はしたないだの、言われるでしょうね)

それにロドリオは、テオドシーネの容姿にはまったくといっていいほど注意を払っていない。地味だとは感じないようだ。中身を知らないシエルフィリードを鎧姿のまま信奉しているくらいだから、あくまで実力主義なのだろう。

(だとすれば、シェル様の素顔を見たとしても……)

「……それで、ドラゴンは？」

落ち着いた、というよりもう少し低いシエルフィリードの声が降ってきて、テオドシーネは顔をあげた。またいつのまにかうつむいてしまっていた。

「はい、あちらです。重盾兵にて取り囲んでおります」

立ちあがったロドリオは、片手を胸に当て、もう片手で森の奥を指し示す。雛であるため、前回のように樹々を抜けて頭が見えるということはないようだ。見通しにくい枝葉の向こうに、人の声と甲高い鳴き声がかろうじて聞こえる程度。

「すぐに片をつける」

ゼピュロスに合図し、動きだそうとするシエルフィリードの前へ、テオドシーネはノトスを進めた。

「お待ちください、シェル様」

「テオ？」

行く手を遮る形になったノトスに、シエルフィリードが怪訝《けげん》な声をあげる。

すべてを自分の手で引き受けようとするシエルフィリードの態度は立派なものだが、領主として最善とはいえない。

「シェル様、ここは騎士団の皆さんに――」

「お任せください、奥方様」

テオドシーネが言うよりも早く、ロドリオが胸を叩《たた》いた。

「シエルフィリード様と奥方様は、誓約書を提出するため王都へ向かわなければなりません。お二人がクイン領を離れるあいだも、クイン家騎士団が魔物やドラゴンと対峙《たいじ》できることを、お見せいたします」

シエルフィリードの出陣を願ったのは、状況を確認してほしいと同時に、安心させたいという意味もあったのだ。

テオドシーネが頷くと、シエルフィリードも手綱を握っていた力をゆるめた。納得してくれたようだ。

「我ら、クインの名を冠する騎士団として恥じぬ働きができるよう、日々鍛錬しております！　その、普段はシエルフィリード様の輝かしい雄姿を拝みたく、後衛にさがってはしまいますが……」

「……」

兜《かぶと》の中でシエルフィリードが反応に困っている気配がした。これまでのシエルフィリードは、出陣の直前まで天幕ですごし、討伐が終わればすぐに天幕に引き返していた。それが今日《きょう》はテオドシーネがいることで外に留《とど》まっている。ロドリオとシエルフィリードが直接会話しているわけではないのだが、それだけに自分への熱い思いを聞かされて困惑しているようだ。

「こちらへどうぞ。ドラゴンの動きがわかります」

そんなシエルフィリードには気づかず、ロドリオは意気揚々と歩きだした。


結果から言えば、作戦は大成功だった。

ロドリオに案内されたのはほかよりも高くなった崖上《がけうえ》で、そこから見下ろせば揺れる樹々の合間にドラゴンや兵士たちを認めることができた。

赤炎竜《ルビコニアス》の雛らしいドラゴンは、羊ほどの大きさしかない。まだ小さな翼を懸命に広げて威嚇の体勢をとる。それを半円形に並んだ兵が背丈よりも大きな盾をかざして取り囲み、押し返そうとしていた。

「お前らあ!!　シエルフィリード様がご覧だ!!　腑《ふ》抜けてんじゃねえぞお!!」

崖の際から身を乗りだしたロドリオが檄《げき》を飛ばすと、「おおおっ!!」と兵士たちも鬨《かちどき》の声をあげる。

「ギュウウゥウ！」

四本の足をつっぱり、赤竜のほうも威嚇音を発する。と同時に、鱗《うろこ》が赤く光り始めた。

(炎が……！)

自分も後押ししたことながら、シエルフィリードの魔法抜きで本当に勝てるのだろうかと握るこぶしに汗がにじむ。

ボッと音を立てて赤竜の口吻《こうふん》から火球が放たれた。だがその炎は、盾の表面を舐《な》めただけで霧散する。

「あれは？」

「あの重盾は、魔鉱石でできています。成体のドラゴン相手でも二、三発は跳ね返せます」

魔鉱石から作られた道具や武器は、魔法具と呼ばれる。魔力を帯び、使用者に魔力がなくとも魔法のような効果を発揮する。王宮でも照明や貯蔵庫などに使われ、武器があるのも知っていた。だがこうして実戦を目にするのは初めて。

テオドシーネだけでなく、赤竜も驚いたようだ。傷一つつかず、じりじりと間合いを狭めてくる盾に圧倒されたのだろう。威嚇の姿勢は崩さないまま、そろそろと後ずさりしていく。

「さあ、ダメ押しだ！　放てえっ!!」

ロドリオが号令をかけると、さっと盾兵が左右に分かれた。現れたのは大砲だ。薄く光って見えるのは魔力を帯びているらしい。

ドオンと低い音が森を揺らし、「ギャッ」と赤竜がのけぞった。角の折れた額から透明な破片が落ちる。

ついに耐えきれなくなったのか、赤竜は向きを変えて逃げだした。盾をかざしたまま兵はしばらく後を追ったが、戻ってくることがないとわかると足を止めた。

「いまのも魔法具なのですか？」

「はい。氷結魔砲《アイスキャノン》と言います。魔鉱石の盾や鎧、それに氷結魔砲《アイスキャノン》があれば、俺たちもシエルフィリード様のように戦うことができるのです！」

ちらちらとシエルフィリードに視線を走らせながら、顔を赤くしてロドリオは力説する。たしかに、赤竜の火焔《かえん》を跳ね返すのも、氷塊を撃ちだすのも、シエルフィリードがしていたことだ。

（シェル様の戦法を参考に、というよりは、ただかっこいいから真似《まね》しただけのように見えるけれども……）

少年が神話の英雄に憧《あこが》れ、服装や台詞をなぞるような。

ちなみに当のシエルフィリードは、ロドリオから少し離れた場所で無言を貫いている。騎乗のままであるため、体格の変化は見破られていないようだが、気になるのだろう。

「あ、えっと、もちろんただの野盗だの魔物だのなら、剣で切り伏せるだけの力はあります。これまでに何十回と倒してきました。ドラゴンでも雛ならあのとおり、後れをとることはありません」

（そうだわ、騎士団は討伐の記録をつけているはずよね。王都に写しを持っていって、どのような報告がされていたのかを見比べてみなければ）

あいかわらずなんと返事をしたらよいのかわからないシエルフィリード本人からも、思考を巡らせ始めたテオドシーネからも反応がもらえず、ロドリオは急いで言い足した。

「王都にいるあいだも、ご心配なく！　ドラゴンが三体同時に襲ってくるなんてことがない限りは、押し返してみせますよ！」

とうとうロドリオはシエルフィリードに顔を向けた。しかし兜の中の表情どころか、視線が自分を向いているのかすらわからない。

「……」

「……」

崖下では兵たちが帰還の準備を始めている。風にのって、盾と鎧のぶつかる音が聞こえてくる。

「このあと、騎士団の資料を見せてもらえるかしら？」

しばらくしてテオドシーネが顔をあげたとき、なぜかロドリオはしょんぼりとうなだれていた。

◇

討伐の記録はデイナ砦《とりで》にある。

そのデイナ砦はクイン領の南端に位置する。町から離れ、森の中の簡素な砦で、ぐるりと周囲を取り囲む塁壁《るいへき》の中央に駐屯施設を建てただけのものだ。

ブレンダン領や、さらに南の領地からの救援要請に応えるために作った、とシエルフィリードに説明されて、テオドシーネは膝から崩れ落ちそうになった。

(知らない砦……！　知らない砦だわ)

王太子妃になるための教育の一環として、もちろん軍事に関する事柄もテオドシーネは学んだ。国内の軍事施設もひと通りは知っている。しかし直近——ここ十年ほどのあいだに、新しい砦が作られていたなどということは聞いたことがなかった。

魔物やドラゴンの襲来と同様、ブレンダン伯爵らが情報を握り潰《つぶ》していたのだろう。王都では自力で国境警備をやりとげたことになっていた彼らが、自分たちを助けるために設けられた砦を王家の耳に入れるわけがない。

こめかみを押さえながら、テオドシーネは記録を綴った冊子をめくる。

現在シエルフィリードとテオドシーネがいるのは、デイナ砦の書庫だ。戦になったときも火がまわらないようにと火薬庫と同じ様式で作られた室内は、防音効果にも優れている。壁に設置された棚には砦ができてからこれまでの記録が本の形に綴じられて並ぶ。戦闘用の砦ではなく食料や武器を保管し、騎士団を駐屯させておく補給所のような扱いのため、記録は詳細につけられていた。

「ブレンダン領へは、いつもここから兵を送っていたのですね。重剣五十本、重盾五十枚、魔鉱鎧百領、氷結魔砲《アイスキャノン》三門、火焔魔砲《ファイアキャノン》三門、馬二十頭、食料、水、飼葉、魔力補給用の魔石多数……」

当然、クイン領はこれらの軍備を国に届け出ている。王家の知らぬ間に軍備を整えては、謀反の容疑をかけられかねない。だから一定以上の基地や武器・装備に関しては国に報告し、恭順を示すのだ。

書庫には確認印のついた許可状も保管されていた。

なのにテオドシーネは知らない。おそらくは宰相である父も、国王陛下も。

「テオ、大丈夫？」

「ええ……はい、大丈夫です。いえ、大丈夫じゃないかも」

心配そうに覗き込んでくるシエルフィリードに反射的に答えてしまってから、テオドシーネは首を振った。

「想像以上に根が深そうな問題です。一刻も早く王都へ伝えなければ」

「ぼくも調べてみたんだが」

シエルフィリードは書類の束をさしだした。片側が金具で綴じられ、書物のようになっているそれは、騎士団の行動記録をまとめたものだ。

「例年、ドラゴンの雛が現れるのは初夏だ。春先が繁殖期なんだろう」

「たしかに、これから食べ物がなくなるという時期に子が生まれても生き延びる可能性は低いですね」

ドラゴンは雑食だけれども、植物にしろ動物にしろ冬に腹を満たすだけの食料を得るのは難しい。

「赤炎竜《ルビコニアス》は土中に卵を産み、子育てはしない……のでしたよね」

博物誌で読んだ生態を思い返す。

「そうだね。これまでも雛と成体が同時に現れることはなかった」

「なら、成体の襲撃は心配しなくともよさそうですね」

旧ブレンダン領内に成体の赤炎竜《ルビコニアス》が卵を産み、時間がたってその卵が孵《かえ》ったのなら、親となった成体はすでにグリーベル山脈を越えて南下している。

問題は、なぜ繁殖期から外れて雛が生まれたのか、だ。

もう一つ、テオドシーネには気になることがあった。

「十年前よりも、魔物の襲撃が多くなっているように思えます」

精緻《せいち》に比べた資料はないが、集計した数を比べるだけでも年々漸増《ぜんぞう》の傾向があるように思う。

「やはり王都へ行きましょう。王都にも何か情報があるかもしれませんし、ドラゴンのことも砦のことも、書状で報告できるようなことではありません」

父のユフ侯爵を頼り、できれば国王陛下に直接謁見して事情を説明したほうがよい。

「ああ」

シエルフィリードも頷いた。表情がややこわばった気がするがテオドシーネは見ないふりをした。

行かなければならないことはシエルフィリードもわかっている。「大丈夫ですよ」と髪を撫でてあげたくなるのはテオドシーネの気持ちであって、シエルフィリードが励ましを必要としているわけではない。

（我慢、我慢……っ）

王都へ向かうと決めた際、テオドシーネはセバスチャンと約束した。シエルフィリードを甘やかしすぎないこと。もともとテオドシーネはそこまでシエルフィリードにかまいすぎているわけではない、と思う。これは幼少期からシエルフィリードに寄り添ってきてまだその感覚が抜けていないらしいセバスチャンがやりすぎないようにという約束だ。

広大な公爵領を問題なく統治し、数百人からなる騎士団の長を務め、他領と国境を守り、複数属性の魔法の使い手であるシエルフィリードは、肩書《スペック》と実力だけを見れば国内随一の人材だ。

しかし外見は薄幸の美少年なので、つい世話を焼いてしまいたくなる。

出発の準備をしながら、セバスチャンが何度ももこもこ羊着ぐるみを手に自分を抑えていたのをテオドシーネは見た。それだけに、

（私がここでなでなでするわけにはいかない……っ）

単純に考えて、シエルフィリードも驚くだろう。

「では、今日のところは部屋に戻りましょうか」

砦は騎士団が常駐するための質素な作りだが、領主やそのほかの貴族の視察に備えて主賓室が設けられ、清貧を徳とする騎士団の砦でも、主賓室だけは豪奢《ごうしゃ》な家具が調えられていた。

記録を確認したいこともあって、シエルフィリードとテオドシーネは砦に宿泊することにし、すでに屋敷にも伝えてある。

資料の必要箇所を書き写した紙をまとめ、テオドシーネは立ちあがった。ドアを開けようと進みかけて、足を止める。

テオドシーネの乗馬服の袖《そで》を、シエルフィリードがそっと引き留めていた。

「シェル様？」

その表情は真剣だ。そのくせテオドシーネが向きあうと、シエルフィリードは視線を伏せる。人払いをした書庫では二人きりだったから、顔は隠れていない。白い頬がじわじわと赤く染まってゆくのを見つめていると、テオドシーネの頭にも血がのぼってくる。

「……ぼくは、ロドリオのようにはなれないけれど」

なぜその名が出てくるのか、まだテオドシーネにはわからない。目に映るシエルフィリードのかわいらしさに奪われそうになる意識を必死につなぎとめ、全容が明らかになるのをじっと待つ。兜をかぶっていた銀髪は癖が弱くなって、普段とは違う様子にいまさらドキリと心臓が鳴る。

シエルフィリードはテオドシーネの手をとった。物語の中の騎士がするようにうやうやしく持ちあげると、手の甲に口づけを落とす。

「……」

所作の美しさに見惚れていたテオドシーネは、目の前で展開される光景としっとりとやわらかな感触を結びつけるのに時間がかかった。

（！？！？）

理解した途端にほとばしりそうになった叫びを抑え込み、淑女のほほえみをもってシエルフィリードの接吻《せっぷん》を受けとめる。そうはいっても顔は真っ赤になっているだろうが。

まっすぐにテオドシーネを見つめるシエルフィリードには、妙に思われてはいないようだ。

「テオにふさわしい男になる。その決意は嘘《うそ》じゃない」

「はい、私も、シェル様にふさわしくありたいと願っております」

告げたのは本心からの願いだった。シエルフィリードの妻として、これまでに培った知識や能力を活《い》かす。テオドシーネはそう決めたのだ。

テオドシーネの言葉に、シエルフィリードは表情をゆるめた。どこか安堵《あんど》の色を含む顔つきに、ようやく突然の告白の意味を理解する。

「あの、私、ロドリオさんのことはなんとも思っておりませんよ」

はつらつとした性格で体躯《たいく》にも恵まれ、顔立ちの整ったロドリオは貴族婦人たちから好まれるだろうが、むしろ自分の異性の好みのど真ん中はシエルフィリードだったというのが、テオドシーネがクイン領にきて新たに発見した事実である。

「そう？」

わずかにさぐるような目つきになってシエルフィリードはテオドシーネを見た。普段のシエルフィリードとは違う表情に、心臓がきゅんと鳴るのを感じてしまう。

「ロドリオが、テオのことすごく褒めてたから……テオも、見てたでしょ。ロドリオのこと」

「……っ‼」

「テオ⁉」

突然胸を押さえて倒れ込んだテオドシーネを、シエルフィリードはなんなく受け止めてくれる。見た目のたおやかさと実際の腕力は真逆だ。そんなところにもきゅんきゅんしてしまうというのに。

「どうしたの、どこか痛い？」

「あの……」

旦那様は鈍いお方ですから、というリュシーとエリーの言葉がよみがえる。心配そうなシエルフィリードの淡灰色の瞳を見上げ、テオドシーネは覚悟を決めた。

「そ、その、シェル様がやきもちをやいてくださったのが、嬉《うれ》しくて……ときめきすぎて倒れました」

「え……っ」

自分の腕の中からかぼそい声で訴えかけるテオドシーネに、シエルフィリードの頬がふたたび赤く染まる。

「ぼくの、これは、やきもちだったのか……は、恥ずかしい」

「――」

泣きだしそうなシエルフィリードの表情に、今度は意識の制御がうまくいかず、テオドシーネは一瞬自分が薔薇《ばら》色のわたあめにくるまれている幻覚に陥った。

至近距離からシエルフィリードのかわいさを浴び、這《ほ》う這うの体で主賓室にやってきたテオドシーネは、そこでまた一つの問題に直面した。

騎士団の砦であるから当然、侍女などはいない。シエルフィリードの正体が知られないよう、ロドリオの付き添いも断った。領主を迎えたにしては砦はひっそりと静まり返っている。

書庫へ行く前に、姿を見せない領主のことを騎士たちはどう思っているのだろうかとロドリオにこっそり尋ねてみたら、

「もちろん、どんな方なのだろうと考えることはありますが……シエルフィリード様の実力は騎士団の誰《だれ》もが知っています。動いて、そこに〝いる〟……もっといえば、同じ領内で生きていると思うだけで、勇気を与えてくださる方ですから、お姿を見たいとわがままを言うわけにはいきません」

という熱のこもった答えが返ってきた。

(彼らなら、シエルフィリード様が本当はとても美しくかわいらしくいじらしい方だと知っても、態度を変えるようなことはないと思うけれど……)

――と、ここまでは現実逃避である。

飛んでいきそうになっている魂をとっ捕まえ、テオドシーネは目の前の光景に臨んだ。

主賓室だけあって、照明はふんだんに使われ、天井からはシャンデリアが吊《つ》りさがる。部屋の中央には上品なテーブルとチェアのセット。

テーブルには食事が用意されていた。厚めに切られたローストビーフはほどよく脂ののった部位がしっとりとローストされている。ソースも絶品だ。付け合わせの野菜とポテト、焼きたてのパンにシチューの献立は、きっと砦のフルコース。

シエルフィリードはテオドシーネの向かいに座って、きれいな所作で夕食をとっている。意外と健《けん》啖《たん》家《か》なだけあって、何枚も盛られたローストビーフをぺろりと平らげる勢いだ。

そのシエルフィリードの背後に、テオドシーネの視線をつかんで離さないものがある。

(……ダブルベッド……!!)

心の声が漏れないように、テオドシーネはぐっと唇を引き結んだ。

(侍女がいなくて不便だろうとは思ったけれど……ベッドのことはまったく気づいていなかったわ……)

最初に賓客として迎えられたテオドシーネがクイン家ですごす部屋は、いまだに貴賓室であって、シエルフィリードの部屋とは離れている。王都で正式に婚姻誓約書を提出したら、寝室のことを考えなければならないとは思っていた。シエルフィリードと寝室を同じくするのは刺激が強すぎるし、ゆくゆくはそうなることを目指すとしても、まずは互いに行き来できるドア《コネクティング・ドア》のある隣室あたりから始めるのがよいだろう……などとテオドシーネは勝手に計画していた。おそらくセバスチャンやリュシーやエリーも同じようなことを考えているはずだ。

にもかかわらず突然の宿泊連絡を受けとった彼・彼女らが、どんな顔になったかは想像したくない。

シエルフィリードとダブルベッドを前に、自分がいまどんな顔をしているのかも想像したくない。

「テオ？　疲れているんじゃない？」

心配そうに見つめられ、思わず顔をそむけてしまいたくなるのを抑え込んでテオドシーネはほほえんだ。

「そうかもしれません。当然ですが騎士団の皆さんのようにはいきませんね」

「あれほど長く馬に乗っていられるだけでもすごいことだよ」

「ありがとうございます」

励ましてくれるシエルフィリードにもう一度、にこりとほほえみを返す。

（シェル様、かぶりものをとるのにはあれだけ段階を踏んだのに、そこから先は気にならないのね……）

内心ではそんなため息をつきながら。

気をとりなおして食事を終え、外のワゴンに食器を運ぶ。心尽くしの料理はどれもおいしかった。

ようやくテオドシーネのもとにも平穏が訪れた。

ソファにもたれ、ベッドを見ないように目を閉じていると、「テオ」と呼ばれた。

「シェル様」

「今日は疲れただろう。少し休んだら、先に湯を浴びるといい。ほら、この部屋には湯殿があるんだよ」

手招きをしたシエルフィリードがドアを開けると、タイル張りの部屋があった。くぼんだ一角に湯が張られ、ほかほかと湯気をあげている。別の一角には石鹸《せっけん》や香油が置かれ、湯と反対側の壁にはローブが二着かけられていた。

それを見せるシエルフィリードの表情もほかほかとしたように頬を染めている。テオドシーネを労《いたわ》れるのが嬉しいのだ。

「……っ！」

くずおれそうになる体をどうにか支え、テオドシーネはほほえむシエルフィリードに礼を言った。

「ありがとうございます、シェル様。お先にお湯を使わせていただきます」

本来ならば真新しい湯は夫となる人に譲るべきだけれども。

(先にベッドに入らせてもらって、シェル様が湯から出る前に寝てしまいましょう)

これもまた失礼なことではあるのだが、湯あがりのシエルフィリードなんて見た日には心臓が騒ぎすぎて眠れなくなってしまう。

「では、ぼくは本でも読んでいるよ。はい、タオル」

にこりと小首をかしげるシエルフィリードにまた心の中で悶絶《もんぜつ》しつつ、テオドシーネはさしだされたタオルを受けとった。

灯《あか》りの落とされた部屋で、ベッドに一人、テオドシーネが横たわる。リュシーやエリーがしてくれていたように、おろした髪は丁寧に水気をとり、香油を塗り込んだ。シエルフィリードが風魔法で仕上げをしてくれたので、いつもよりふんわりとしている気がする。

仰向《あおむ》けに体をのばして行儀よく手を組み、テオドシーネは目を閉じた。ベッドも騎士たちは硬い木の簡易ベッドに藁《わら》と毛布を敷いたものらしいが、主賓室のベッドは屋敷と同じく高級品だ。あとはシエルフィリードが戻ってくる前に寝てしまえば完璧《かんぺき》、なのに。

（眠れない……っ！）

馬に乗り、ドラゴンと騎士団の対峙を見届け、資料さがしもして、体も頭も疲れきっている。そんなところにおいしい食事とあたたかなお風呂まで用意してもらって、本当なら横になった途端に睡魔に襲われるものだと思う。

行儀よく眠りにつくことは諦《あきら》めて、テオドシーネはごろりと寝返りを打った。体を丸め、猫のようになる。子どものころ、眠れない夜はこうして自分を抱きしめて時間がたつのを待った。そのうちに寝入ってしまえることもあったのだ。

けれどテオドシーネの努力を笑うかのように、意識はますます冴《さ》えてしまう。

カチャリ、とドアの開く音がして、テオドシーネはぴくりと肩を震わせた。ひそかな衣擦《きぬず》れの音とシエルフィリードの気配がする。騎士だけあって、シエルフィリードは物音をほとんど立てない。彼が部屋のどこにいて何をしているのか、テオドシーネにはわからなかった。

不意にベッドがかすかな軋《きし》みをあげ、体が揺れた。シエルフィリードが隣に横たわった――かと思いきや。

揺れはもう一度、今度はより近くで起きた。

なぜかを考える暇もなく、頬にやわらかな感触。

(~~~っ⁉)

「おやすみ、テオ」

吐息ほどの小声で囁くと、シエルフィリードはそっと離れた。体がベッドに沈み込んだのが伝わる。

やがて、健やかで心地よさそうな寝息が聞こえてきた。

テオドシーネが寝ついたのは、白む空の色がカーテンを透かして届こうかという、明け方のことだった。

# 第二章　公爵閣下の社交デビュー

デイナ砦《とりで》から戻ったシエルフィリードとテオドシーネは、すぐに支度を整えて王都へ向かった。

王都にもクイン公爵家の邸宅はあるが、長年使われてこなかった屋敷は最低限の手入れをされているのみで、使用人たちも少ない。テオドシーネを連れて急に訪れるのは難しいだろうということで、シエルフィリードはテオドシーネの婚約者としてユフ侯爵家に滞在するように手配された。

「テオ。やっぱり疲れているよね？」

馬車から降りようとして思わずよろめいたテオドシーネを支え、シエルフィリードは顔を覗《のぞ》き込む。

「はい……ありがとうございます」

テオドシーネは素直に頷《うなず》いた。寝不足がたたり、疲れは自覚している。ただその寝不足の理由が……デイナ砦でのダブルベッドに加え、馬車での二人旅でシエルフィリードを意識しすぎたせい、なんて言えない。

「ぼくにできることがあったら言ってね」

そう言うシエルフィリードも、正面玄関までの石畳を右手と右足を同時に出して歩いている。今日《きょう》のシエルフィリードは正装だ。ユフ家へくる直前に王都の宿に立ちよって身なりを整えてきた。お守りがわりの目出し帽（鼻の穴付き）も髪型が崩れるのでかぶっていない。

「テオのお父上に会うのに、さすがにかぶりものは……」というシエルフィリードのもっともすぎる意見を、テオドシーネも尊重することにしたゆえだ。

使用人たちはテオドシーネの無事をよろこんでくれた。応接室に通され、しばらく待つと、やがて父ダニエルがやってくる。

半年ぶりに顔をあわせた父はやつれた印象を与えた。テオドシーネに似て生真面目《きまじめ》そうに通った鼻すじや薄い唇は以前のまま。けれども肌の色艶《いろつや》は悪い。帰国したと同時に婚約破棄を聞き、普段の実務のかたわら事態の収拾にあたっていたのだ。

こけた頬《ほお》に微笑をのせ、ダニエルはテオドシーネを抱きしめた。テオドシーネも無言で大きな体を力いっぱい抱き返した。

「テオドシーネ」

「お父様」

それ以上は言葉にならなかった。きっと父として、手紙で伝えた以上に謝りたいことはあるのだろうけれども、いまのテオドシーネが幸せだということもダニエルは理解している。

テオドシーネから離れたダニエルは、シエルフィリードに向き直った。そして深々と頭をさげる。

「クイン公爵閣下。テオドシーネをお守りくださりありがとうございました」

テオドシーネも父に倣い頭をさげた。王都から追いだされたテオドシーネの行った先が、クイン公爵家でなかったら。当主がシエルフィリードでなかったら。こうした結果にはなっていなかった。

「そんな、顔をあげてください。ユフ侯爵殿」

慌てた声のシエルフィリードの言葉に従い顔をあげて、ダニエルは眩《まぶ》しそうに目を細めた。

癖のある銀の髪を流すように撫《な》でつけ、濃紺《ネイビー》を基調としたジャケットに白いシャツ。サファイアの周囲をメレダイヤと銀細工で飾ったクラバット留めが気品を添えつつシエルフィリードの透明感を際立たせている。

「テオドシーネ嬢こそ、ぼくを導いてくれたのです。テオがいてくれなかったら、ぼくは王都に出ることすらできなかった」

うつむきそうになる顔をあげ、シエルフィリードはダニエルをまっすぐに見つめた。

「けれど、テオにふさわしい男になるため、ぼくは努力をすると誓いました。どうか、ご協力をお願いしたい。それから、あらためて――ぼくたちの結婚をお許しください」

今度は胸に手を当てたシエルフィリードが頭をさげた。誓いを表す姿勢にダニエルの表情がぐっと引きしまる。

「はい。公爵閣下。娘を……よろしくお願いいたします」

ダニエルも礼を返す。二人で同時に姿勢を戻すと、ダニエルはほほえんだ。

「どうぞ、私のことは呼び捨てに。それとも、義父上《ちちうえ》と呼んでくださってもかまいませんよ」

（お父様……）

驚きの表情を浮かべるシエルフィリードに、テオドシーネの胸は少しだけ苦しくなる。

幼いシエルフィリードに何があったのかは、ダニエルへの手紙に書かなかった。テオドシーネが勝手に告げていいことではないと思ったからだ。

ダニエルは、己にわかる範囲でシエルフィリードの周辺を調べてくれたのだろう。前公爵夫妻がシエルフィリードの幼いころに亡くなり、彼が孤立したことを知った。ダニエルの言葉は、娘の夫となる人物にユフ侯爵家の協力を約束し、それ以上の関わりを望むものだ。

「ダニエル殿……いえ、義父上」

見開いていた目を細め、シエルフィリードは照れくさそうに笑った。

「それでは、ぼくのこともシェルとお呼びください。テオがつけてくれた愛称なのです」

(シン……ッ！)

ほんのりと目元を赤らめるシエルフィリードにテオドシーネは唇を引き結ぶ。本当はきゅんきゅん音を立てている胸を押さえたいところだが父親の前でそれは——と耐えるテオドシーネの視界に、身を丸めるダニエルの背中が飛び込んできた。

「う……っ」

「ど、どうされたのですか、義父上」

シエルフィリードは眉《まゆ》をひそめ、ダニエルの顔を覗き込む。

「うぐっ！　だ、大丈夫だ、シェル殿」

(お父様……)

そういえば父親も、貴族としての貫禄《かんろく》は備えているけれども、容姿に特別優れているわけではない。テオドシーネを見てわかるように、母親もそうだ。

堅実さがユフ家の美点ではあるが。自分だけでなく、ユフ家の人間はシエルフィリードへの耐性がないようだ、とテオドシーネは結論づけた。

なんとか宰相の顔に戻ったダニエルと西辺領についての談義を終えたところで、テオドシーネの母と兄も顔を見せる。シエルフィリードの顔を見た途端、二人はぽかんと口を開けてしまった。

(やっぱりユフ家には耐性がないのね)

テオドシーネは苦笑した。

母も兄も、テオドシーネ同様、身分にあった振る舞いをするよう厳しく言われている。本来なら初対面の賓客に対して挨拶《あいさつ》もせずに口を開けてしまうような人間ではない。

ダニエルの咳払《せきばら》いに二人はハッと我に返り、礼の姿勢をとった。

「テオドシーネの母、コレリナにございます」

「兄のヴィクトールにございます」

「どうも、シエルフィリード・クインです」

挨拶の区切りを見計らってテオドシーネはシエルフィリードに寄り添った。緊張していないかと視線で尋ねれば、意図に気づいたシエルフィリードは大丈夫だというようにほほえんでくれる。コレリナとヴィクトールはまだ目の前の光景が信じられないという顔でそれを眺めていた。

手紙にもシエルフィリードが噂《うわさ》とは正反対の貴公子であったことは書いた。けれども、ピエトロを超える美貌《びぼう》を誇るのだと力説するテオドシーネの文は、結婚相手を見つけて浮かれていると受けとられたのかもしれない。

「では、早速で恐縮ですが」

シエルフィリードが婚姻誓約書の入った筒を取りだした。

テーブルに広げられた誓約書を皆が覗き込む。

誓約書にはすでにシエルフィリードとテオドシーネのサインが入っている。あとはダニエルのサインがあれば、クイン公爵家・ユフ侯爵家の両家がこの婚姻に賛成であることの証《あかし》となる。

気持ちを落ち着けるように深い息をしたダニエルが、ひと息にサインを書き込んだ。

「これで、あとは陛下に提出するだけだ。明日《あす》、謁見の時間をとっていただいている」

「テオドシーネ……幸せにね」

涙ぐむコレリナに手を握られて、テオドシーネの目にも熱いものがあふれそうになる。

ふと隣を見れば、シエルフィリードも淡灰の瞳《ひとみ》を潤ませていた。

◇

翌日、シエルフィリードとテオドシーネ、ダニエルは、ユフ家の馬車で王宮へ向かった。

実家でゆっくりとすごし、テオドシーネの顔色はよくなったものの、今度はシエルフィリードの緊張が濃い。馬車内だというのに背すじをのばし、正面をじっと見つめている。

「シェル様」

隣に座るテオドシーネがそっと手を握ると、シエルフィリードは振り向いてほほえみを返した。

「大丈夫。ぼくがテオにふさわしい男だって、国王陛下に認めてもらわなくちゃならないから」

そう言ってふたたび表情を引きしめるシエルフィリードは、いまだにピエトロを恋敵だと誤解しているようだ。

ユフ家の紋章を掲げる馬車が門をくぐると、衛兵たちが丁寧に出迎えた。その中には婚約破棄されたテオドシーネをクイン領まで連れていった騎士もいる。彼らはほかの者たちよりいっそう深く頭をさげた。彼らが顔をあげたのを見計らって、テオドシーネはほほえんで手を振った。

(気にしなくていいのよ)

ほっとした顔になった彼らに、テオドシーネの思いは伝わったはずだ。

侍従に案内され、王宮を奥へと進む。ダニエルは控えの間で待つという。

シエルフィリードとテオドシーネの二人で謁見の間に入ると、そこにはすでに国王ギルベルトが立っていた。壇上にある玉座に腰をおろすこともなく、待っていたのだろう。

ピエトロの輝く金髪はギルベルト譲りだ。若いころは社交界を騒がせたに違いないと想像のできる端正な顔立ちは、いまはダニエルと同じ種類の疲れを浮かべていた。クイン領から王宮に戻ったピエトロもこんな表情だったのかもしれない、とテオドシーネは思った。

沈黙の横たわる広間を、シエルフィリードが歩みでる。

「ご挨拶が遅れ、失礼をいたしました。クイン公爵家当主となりました、シエルフィリードと申します。今後とも国王陛下とレデリア王国に忠誠を誓い、よき領主となるよう励んでまいります」

胸に手を当て、恭順を表して頭をさげるシエルフィリードの姿に、ギルベルトは一瞬動きを止めたが、静かに頷きを返した。

「ああ。よろしく頼む」

（さすが国王陛下、驚きを抑え込んだわ）

テオドシーネは心の中で拍手を贈る。

「こちらこそ、西辺領のことも、息子のことも……行き届かずに悪かった。まだしばらく事態の解明には時間を要するだろう。協力してもらいたいこともある。すべてが終わったら、あらためて君の働きを皆に示す。……それでもよいだろうか」

「はい、もちろんです」

「ありがとう」

シエルフィリードの答えにギルベルトは安堵《あんど》の表情を浮かべ、次にテオドシーネを見た。

「お久しぶりでございます、陛下」

「テオドシーネ嬢。わしは、君に最も謝らなければならない」

ギルベルトはうなだれるように顔を伏せた。

国王が臣下に頭をさげることはない。これはギルベルトのせいいっぱいの謝意なのだ。

「ピエトロの横暴はわしの責任だ。申し訳ないことをした。君の言葉にもっと耳を傾けていればこうはならなかっただろうと後悔しているよ」

「陛下……もったいないお言葉でございます」

テオドシーネは片膝《かたひざ》をつき、ギルベルトの顔を覗き込むように見上げた。

ピエトロとの復縁を求められず、シエルフィリードとの結婚を認められた。それだけでもずいぶんと配慮してもらったと思う。

「わたくしは、シエルフィリード様と出会うことができました。それに……いまもなお、レデリア王国のため、お役に立てるかもしれないという希望があります」

ギルベルトと視線をあわせ、テオドシーネはほほえむ。テオドシーネの隣に、シエルフィリードも膝をついた。二人の表情を見れば、責める気持ちなどないことがギルベルトにも伝わるはずだ。

（むしろ、ピエトロ殿下の鼻っ柱どころか心までへし折ったのはシエル様のほうだし……）

ダニエルに聞いたところによれば、王都に戻ってからのピエトロは自信家だったそれまでとは真逆の様子で、部屋に閉じこもって食事もなかなかとらず、ドアの向こうからはしくしく泣く声が聞こえる……という憐憫《れんびん》を誘う有様であったらしい。

結果的に幸せになった自分たちとは違って、自業自得とはいえ大切な息子が傷ついたのだ。先ほどギルベルトが口にした後悔には、自身への憤りも含まれているのだろう。

そうした個人的な感情を隠し、国王としてギルベルトは詫《わ》びてくれた。だからシエルフィリードもテオドシーネも、臣下として応える。

真摯《しんし》なテオドシーネの瞳に、ギルベルトは表情をやわらげた。

「すまない。今日は祝いの場でもある。わしが辛気臭い顔をしていてはいかんな」

ふっと笑みを浮かべ、ギルベルトは顔をあげる。

「さあ、誓約書をこれへ」

その言葉で侍従が進みでた。頭を低くして、蔦文様の彫られた黄金の盆を捧げ持っている。その上にはあらかじめ預けておいた婚姻誓約書と、ペンがあった。

盆がテーブルに置かれてから、ギルベルトはようやく椅子《いす》に腰をおろした。すでに捺《お》されている王印に重ねて、当代国王ギルベルト・レデリアの名を書き入れる。

「これでそなたらの結婚は正式なものとなった」

立ちあがり、シエルフィリードとテオドシーネの前に立つと、ギルベルトはそれぞれの手で二人の肩に触れた。

「国王の名において、シエルフィリード・クインとテオドシーネ・ユフの結婚を祝福する」

「恭悦に存じます」

顔をあげた二人へ、ギルベルトは晴れ晴れとした笑顔を見せた。

「末永く、幸せにな」

◇

ユフ侯爵家の広間は興奮したざわめきに包まれていた。一つ一つの会話は小さな囁《ささや》き声で行われているのだが、それらが幾重にもなって大きな渦を巻く。

集まった人々に今夜の晩餐会《ばんさんかい》の招待状が届いたのは、つい数日前。本来ならばそれほどの人数は集まらないだろう急な晩餐会だったが、ダニエル侯爵からの文面にはこうあった。

『このたび、めでたくクイン公爵シエルフィリード殿と娘テオドシーネの結婚が認められ、ささやかな宴《うたげ》を催したく――』

招待状を読んだ貴族たちは当日の予定を繰りあげ、あるいは延期し、晩餐会出席の連絡を入れると急いでジャケットやドレスの準備をさせた。

〝王太子に婚約破棄され変人公爵に嫁がされた侯爵令嬢〟が、本当に結婚したのだ。しかもほとんど時を同じくして、ピエトロは王太子の座を降り、クイン家に隣りあう領地を持ったブレンダン家が処罰を受けて没落した。処罰の理由はまだ明らかにされていない。

晩餐会に出席すれば、何が起きたのかを聞けるかもしれないのだ。この機会を逃す手があるだろうか。

そんな好奇心だけで訪れた貴族やその夫人たちは、ユフ侯爵夫妻への挨拶がすむやいなや、声をひそめて語りあう。

「〝変人公爵〟――いえ、クイン公爵閣下が、お見えになるということですわよね」

「あまりにも恐ろしい容貌《ようぼう》のゆえに、ピエトロ殿下は病《やまい》にかかってしまわれたとか」

「まあ、わたくしたちはどうなってしまうの？」

「それよりもなぜブレンダン伯爵領が召しあげられたのだ」

「ユフ侯爵の差し金か？　嫁いだ娘のために、クイン公爵家の領地を増やしたと？」

「テオドシーネ嬢が仕組んだのかもしれんぞ。ピエトロ殿下を王太子の地位から引きずりおろし、国王陛下を脅して……」

低い声で言ったのは、バートラム・ガラストだった。癖のある黒髪に巻いた口髭《くちひげ》を持つ男で、ダニエルと同格の侯爵位は、今夜の招待客の中でも最上位といえる。

まるで怪奇譚《かいきたん》でも語るように迫真の表情を見せるバートラムに、夫人たちが顔を青ざめさせる。

「そんな、恐ろしい」

「しかし噂は聞いたでしょう？　ピエトロ殿下の愛人を暴漢に襲わせたと。あの方は下賤《げせん》の者とつながっているのかもしれませんよ。淑女の顔の裏に残酷な本性を隠して、だからこそ〝変人公爵〟とも結婚などという話になったのかも――」

「それは聞き捨てなりませんね」

下卑《げび》た笑みを浮かべ言い募るバートラムを、張りのある声が遮った。

割り込んできた若者に視線が集中する。亜麻色の髪を品よく整え、片眼鏡《モノクル》の奥には切れ長の目が硬質な光を宿している。

「テオドシーネ様は私利私欲のために動く方ではありませんよ。ピエトロ殿下とも最後まで対話を望んでいらっしゃったと聞いています」

「ッ、ネヴィルの小僧……」

「ああ、どうも、ベイリー・ネヴィルと申します」

興を削がれ忌々しげに睨《にら》みつけてくるバートラムをものともせず、若者は笑顔で周囲を見まわした。

「ベイリー様……ネヴィル伯爵の……」

呟《つぶや》く夫人は、若者が誰《だれ》だか理解したようだ。

ネヴィル伯爵といえば、宰相であるユフ侯爵のもとで法務長官を務める人物。その嫡男は、ピエトロの側近候補とされていた。

「ガラスト侯爵殿。あなたが宰相の座を狙《ねら》っていることは、よく存じております。ブレンダンたちの流した噂を懸命に広げようとなさっていたこともね。けれど、さすがに祝いの場でまで精を出すのは違うでしょう。潔く負けを認めるべきではありませんか」

「ぐ……！」

言葉に詰まるバートラムを置いて、ベイリーは成り行きを見守る貴族たちに笑顔を向けた。

「皆様、本日はクイン閣下とテオドシーネ様をお祝いにいらしたのでしょう？　国王陛下が認め、祝福したご結婚です。おしゃべりの相手は選んだほうがよろしいでしょうね」

「そ、そうだな」

「ええ、おっしゃるとおりですわ」

バートラムから視線を逸《そ》らし、人々はそそくさと広間に散っていった。ベイリーは肩をすくめてその背を見送る。

彼にしてみれば、指摘されてやめるくらいなら最初からやらなければいいと思うのだが、意外にもそんな当たり前の勘定ができない者は多いようだ。他人を扱《こ》きおろす快感は、徐々に身の内に染み渡り抜けられなくなり、結果、引き際を間違える――。

整えた前髪をくしゃりと握り、ベイリーは小さく息をついた。

ピエトロが、自分より優秀なテオドシーネにコンプレックスを抱えているのはわかっていた。その矛先が、絶対的な優位を確信できる外見に向かったとき、ベイリーやほかの側近候補はピエトロを諫《いさ》めた。見目よりも大切な資質があると説いた。しかしその対応は逆効果で、結局、国王や宰相の外遊の隙《すき》を突いての婚約破棄などという騒動に発展してしまった。

最後にテオドシーネの顔を見たのは、もう半年も前になる。王宮で、ベイリーは父にかわって書類の回覧依頼に訪れ、テオドシーネはピエトロの代理として法文の確認をした。あのときから、ずいぶんと状況は変わったものだ。

クイン領から届いた手紙には、謝罪に続けて、ベイリーらを案じる言葉が書かれていた。

『ピエトロ殿下に必要だったのは、寄り添ってくれる存在でした。でも、私はそうはなれませんでした。ごめんなさい。今回のことで、あなた方にも影響があれば申し訳ないわ……』

(それを言うなら――私だって同じだ)

主君となる相手に寄り添えず、導くつもりで破滅の道に向かわせた。ピエトロとの信頼関係を築けなかった、その隙間《すきま》にブレンダン家やミーア家の侵入を許してしまった。

こうして噂話に釘《くぎ》を刺しているのは、テオドシーネへのせめてもの罪滅ぼしだ。

(いかんな、祝いの場だと自分で言ったのに)

寄っていた眉根《まゆね》をほどき、ベイリーは顔をあげる。

その視線の先で、広間の人垣が二つに割れた。中央を歩いてくるのはテオドシーネの父、ダニエル・ユフ侯爵だ。広間がしんと静まり返る。

「急な誘いながらお集まりいただいた皆様に、感謝を申しあげます。……シエルフィリード殿についても、わが娘テオドシーネについても、様々な噂があるのは承知しております」

広間に小さなざわめきが起こった。ダニエル自らが噂について口にするとは誰も予想していなかったからだ。ベイリーがたしなめたように、表向きの祝福でユフ侯爵家の地位が盤石であることを見せつけ、それで終わるのだと思っていた。

「ですが、シエルフィリード殿も、テオドシーネも、レデリア王国のために働いてまいりました。今後も同様です。その忠誠を認められ、陛下は二人の結婚を祝福されたのです」

国王ギルベルトの名を挙げたうえで、やましいことは何もないのだと、ダニエルはそう言いきった。これ以上の噂は、国王の判断に異を唱えるのと同義となる。

ベイリーの視界の隅で、バートラムが唇を歪《ゆが》めている。舌打ちでもしそうな顔つきは、実際そうしたいのを必死にこらえているのだろう。

「二人の姿を見、言葉を交わしていただければ、皆様にもそのことがご理解いただけると思います。ですからどうぞ、本日はごゆっくりとおすごしください」

ダニエルが背後を振り向いた。金彫刻の施された大扉が静かに左右へと開き、二つの人影が見える。

ベイリーの視線は先にテオドシーネをとらえた。

髪をアップにまとめ、サイドにひと房たらす髪型は以前のとおりだが、それ以外は何もかもが違う気がして目を見張る。

(美しくなられた)

思わずこぼれそうになった言葉は喉《のど》の奥に押し留《とど》める。

淡青のドレスは小粒の真珠がついた繊細なレースで縁どられ、胸元には銀糸で薔薇《ばら》の刺繍《ししゅう》が施されている。これまでのテオドシーネなら着なかったデザインのドレスだろう。

なにより、その表情が。

わずかに頬を染め、笑顔を見せるテオドシーネは、とても幸せそうだった。

ピエトロの隣にいたときには、いつも張りつめたような顔をして、自分に与えられた役割を必死にこなそうとしていたテオドシーネ。

一度、ピエトロの部屋から飛びだしてきた彼女と出くわしたことがある。うっすら浮かんだ涙を見ないふりをするのがやさしさだと思ったけれど、それは間違いだった。

(ああ……)

自分はテオドシーネにも寄り添うことができていなかったのだとベイリーは内心で嘆息した。

ベイリーには気づかないまま、テオドシーネは隣へほほえみかける。

テオドシーネの視線を追って、ベイリーもシエルフィリードへ視線を移し――。

ここまで感情を表に出すことは耐えてきたベイリーの口が、ぽかんと開いた。

訪れた静寂に、隣のシエルフィリードがたじろぐ気配がする。

（うん……そうよね）

皆が呆然《ぼうぜん》と口を開けて自分を見つめていたら、何が起きたのかと思うだろう。クイン領でのシエルフィリードはロドリオをはじめとして騎士団から熱い歓声を浴びていたけれども、ぽかんと見つめられたことはなかったはずだ。

テオドシーネはそっと広間に視線を走らせた。ほとんどの人間がシエルフィリードを見つめて硬直している。ご婦人方の多くは胸を押さえているが、一部の鼻を押さえている方々はお仲間かもしれない。

かつての同輩――法務長官の子息という立場柄つねに冷静沈着だったベイリーも、テオドシーネが見たことのない顔をしてシエルフィリードを見上げている。

今日のシエルフィリードは、これまでで最も上等な服を着ている。ユフ家御用達のショップに少々の無理を言って急いで仕立ててもらったものだ。銀髪の映える白生地で、テオドシーネの髪色にあわせてくれるというシエルフィリードの言葉に従い、大きくとった襟や袖《そで》には赤と茶の差し色が入っている。

髪型は前髪を斜めに流し、サイドを撫でつけた正装にふさわしいもの。おかげで美の暴力ではと思うほどの整った顔立ちがあますところなく公開されている。

要は、見惚《みほ》れて当然。

だがテオドシーネまで皆と一緒になって呆《ほう》けているわけにはいかない。

「シェル様」

皆には聞こえない声で呼びかけると、広間の空気に呑《の》まれていたらしいシエルフィリードがハッと顔をあげた。テオドシーネに向かって小さく頷く。それから、ふたたび広間へ視線を向けた。

「お初にお目にかかる。クイン公爵家当主、シエルフィリードと申します」

ダニエルやギルベルトと会い、気後れも減ってきているらしい。声に緊張はにじむものの、震えたり、怯《おび》えたりすることもなく、シエルフィリードはまっすぐに王都の貴族たちと相対する。

「様々な事情により、ご挨拶が遅れました。今後は親しくしていただければ嬉《うれ》しい」

にこり、とシエルフィリードがほほえんだ。同時に、数人の貴婦人が、切ない吐息を漏らしてくずおれた。そしてそれよりも多くの夫人や令嬢が、目を輝かせて……というよりはギラつかせる。

(シェル様は私の夫になったのだけれど、わかっているのかしら)

テオドシーネの予想どおり、実物のシエルフィリードを見た貴族たちは、彼が爵位と美貌と気品を兼ね備えた貴公子であることを理解したようだ。ならば、シエルフィリードに関する噂の半分――彼が魔人であるとか、凶暴で残酷、といった部分が噂にすぎないことも、理解しただろう。

(次は私ね)

シエルフィリードに手をとられてエスコートされながら、テオドシーネは広間の中央へ進みでた。妃《きさき》教育で身に着けた優雅なカテーシーを披露する。

「先ほど父が申しましたように、ギルベルト陛下からもシエルフィリード様との結婚について祝福のお言葉を賜りました。二人で力をあわせ、レデリア王国の発展のために励む所存でございます」

次期王太子妃として、こうして人前で話をすることもあった。あのころも嘘《うそ》を述べていたわけでは

ないけれど、求められるべき役割にそった言葉を、無意識に選んでいた。

いまここに立っているのも、告げる言葉も、テオドシーネの本心だ。

名に込められた思いを、テオドシーネの葛藤《かっとう》と願いを、シエルフィリードは受け入れてくれたから。

「どうぞ皆様、お力をお貸しくださいませ」

シエルフィリードと寄り添い、テオドシーネはほほえんだ。


真正面から噂を否定したユフ侯爵家と、ついにその姿を現したクイン公爵。加えて国王の祝福という後ろ盾に、集まった貴族たちはあっさりと兜《かぶと》を脱いだ。

ダニエルは「言葉を交わして」、シエルフィリードは「今後は親しく」、テオドシーネは「お力をお貸しください」。三度にわたって念を押せば、さすがに言わんとしていることは伝わる――〝ユフ家の側につくのならば、これまでのことは水に流す〟、と。

あっというまにシエルフィリードとテオドシーネは招待客たちに囲まれた。下位貴族は上位貴族に先を譲るから、挨拶は自然と爵位の高い順になる。

ただし、ガラスト侯爵はいなかった。

宰相の座を狙い、ユフ家の没落を願う立場ではあるが、無視するわけにはいかない。招待状は出したとダニエルから聞いた。

挨拶にきたベイリーが「広間にはいた」と苦々しげな顔で言っていたから、シエルフィリードやテオドシーネの悪口でも振りまいていたに違いない。舌の根の乾かぬうちにテオドシーネに頭をさげれば面子《メンツ》が潰《つぶ》れる。ユフ家の勝ちがわかるや帰ってしまったのだろう。

最後におそるおそるやってきたのは完全に白旗を挙げた西辺領主たちだ。

爵位をとりあげられたブレンダン家と、マリリンの実家であるミーア家には招待状を送っていないが、それ以外の家は招待した。〝ユフ家の側につくのならば〟のメッセージは彼らに向けてでもある。

ウィルマ男爵とその令息エドガー、モンドル男爵とその令息レオナルド。そのほか、あの婚約破棄の場でテオドシーネを囃《はや》し立てていた元〝王太子《ピエトロ》の取り巻き〟たちとその親がずらりと勢ぞろいして、

「こっ、こここれまでの、ぶぶぶ無礼をお許しください。こここ今後はクイン公爵閣下とテオドシーネ夫人、ユフ宰相閣下にここ心よりの忠誠を誓います……こここのたびのご結婚にも、ぜひ祝いの品を贈らせていただきたく……っ」

そんな謝罪と祝いを告げた。シエルフィリードがぼそっと「鶏《にわとり》……」と呟いていたのはテオドシーネ以外に聞こえていなかったと思う。

「お怒りはごもっともです。我々は先代様より二代にわたってクイン公爵閣下の恩を受けながら、それをないがしろにしてしまいました。息子たちはテオドシーネ様にまで無礼を……ほらっ、お前たちも謝れ！」

「もっ、申し訳ありませんでした！　お許しください!!」

周囲の視線にもかかわらず、いまにも泣きだしそうな顔で深々と頭をさげる。予想どおり、贈りものを叩《たた》き返されたことは彼らに相当の不安を与えたようだ。

（シェル様の助けがなければ、自前の騎士団で魔物と戦うしかなくなり……もし負けて領地に被害が

出ようものなら、ブレンダン領のようにクイン領へ編入されるかもしれないものね）

令息たちもそうだ。彼らは自分たちが担ぎあげていたピエトロがただの領主になりさがり、第一の取り巻きジェイネスが王都を追放されたことを知っている。

謝るくらいならやらなければいいのに……と、そうとは知らずにテオドシーネはベイリーと同じため息をついた。それに、必死の謝罪は、無自覚天然なシエルフィリードの前ではあまり意味がない。

「祝いの品ならば、よろこんで受けとりましょう。けれど過剰に詫びていただく必要はありません。弱き者を守るのは、騎士の務めですから」

やわらかな、慈悲に満ちた表情でシエルフィリードは笑いかけた。

（シェル様、また弱そうって言ってしまっているわ……！）

ピエトロに立ち向かったシエルフィリードは、自分の実力に気づいた。貴族恐怖症が治ったのは、怖がる相手ではないと理解できたからだ。そして、怖がらなくてすむ相手であれば、恨む必要もない。

幸いにも、西辺領主たちはシエルフィリードの天使の笑顔に見惚れ、告げられた言葉の意味を深く考えることはなさそうだ。

「わたくしも、気にしてはおりません。今後はきちんとした手続きで協力関係を結んでいきましょう」

「ありがとうございます、ありがとうございます……!!」

釘を刺しつつテオドシーネもほほえみかけると、許された安堵と興奮をごちゃまぜにしながら、彼らは何度も頭をさげた。

その姿は、広間にいたほかの貴族たちの目にも焼きついた。

◇

翌日の目覚めはずいぶんと遅かった。晩餐会自体が明け方まで続いたせいだ。

想像以上にクイン公爵の地位は盤石であるらしいと察した貴族たちが再度のゴマすりに現れるのに笑顔で応じた結果、寝室に入ったころには空が白んでいたのだった。

ベッドに起きあがり、テオドシーネはぼんやりと昨夜のことを思いだした。

晩餐会でのシエルフィリードはかっこよかった。それは容姿が整っているとか衣装が似合っているとかいうこともあるけれども、話し方や、相手の話を聞く姿勢、細かな所作などが気品にあふれていて、惚《ほ》れ直してしまった。

挨拶に訪れた人々もシエルフィリードを直視できなかったようで、面識のあるテオドシーネに話しかけることが多かった。

そのシエルフィリードはいま、寝間着姿でテオドシーネの隣にいる。一応テオドシーネの自室も泊まれるようになっていたが、客間のダブルベッドに二人で寝た。

寝顔が見たい――しかし、そのときの自分のリアクションが怖い。起き抜けに昨夜を顧《かえり》みてしまったのは、現実逃避でもある。

（大丈夫、大丈夫。一、二の三で振り向きましょう。一、二の……）

「――テオ？」

「ひゃいっ！」

決めたタイミングより先に声をかけられて、テオドシーネは飛びあがりそうになった。顔を横に向ければ、想定よりもずっと近くに、甘く蕩《とろ》けだすクリームのような笑顔がある。

音もなく身を起こしたシエルフィリードが、テオドシーネの顔を覗き込んでいた。

（はっ、ね、寝ぐせ……っ、顔に、シーツの皺《しわ》の痕《あと》がっ！）

「おはよう。起きたなら、起こしてくれたらよかったのに」

シエルフィリードの頬には、猫のヒゲのように三本、横向きに赤い痕がついている。湯を浴びてから寝たから、輝く銀髪はいつものようにふんわりとして、そして疲れで熟睡したせいもあるのか、いつもより毛先がくるくると遊んでいる。

「わざとやっています？」

「何を？」

「……」

「……何？」

小首をかしげて再度尋ねられ、テオドシーネは胸と鼻の両方を押さえた。

「どうしたの？　テオ」

「申し訳ありません、気にしないでください。おはようございます、シェル様。もう起きてよろしいのですか？　昨夜の疲れは残っておりませんか」

「大丈夫。疲れたけど、寝込むほどじゃないよ」

シエルフィリードはへにょりと眉じりをさげて笑う。

「そういう心配をされないような男になりたいんだけど……最初の印象が悪すぎるよね」

「いえ、悪いとは……」

むしろあの弱さがあったからこそ、自分でも知らなかった自分の新しい一面を発見することができた。

顔を赤らめつつ視線を泳がせるテオドシーネの反応に、シエルフィリードはまた首をかしげたが、小さく肩を落とした。

「テオにふさわしい人間になりたいと思っている」

「シェル様は十分にご立派ですよ？」

シエルフィリードは何度もその決意を口にするけれども。

魔法使いとしても騎士としても領主としても、すべてにおいて第一級。おまけに貴族恐怖症まで治ったのだから、今後は王都でも存在感を増すだろう。ギルベルトが真っ先に祝福を与えたのはシエルフィリードを囲い込んでおきたいと考えたからで、テオドシーネの読みどおりだ。これ以上何を求めることがあるのかと、今度はテオドシーネが首をかしげる。

「でも……」

シエルフィリードはそんなテオドシーネを上目遣いに見た。

「ッ、……でも、なんでしょう？」

「昨日《きのう》は、みんながテオを見て、テオに話しかけていたよ」

それだけ言って、シエルフィリードはしょんぼりと肩を落とす。一方のテオドシーネはベッドに突っ伏してしまいたくなるのを必死に耐えていた。

「それはシェル様のお顔が眩しすぎて直視できないからですよ……!!」

「顔が、眩しい……？」

本気で意味がわからないという顔のシエルフィリードは自分の頬を撫でさする。猫のヒゲの赤線がやわらかく歪む。

無防備な仕草がテオドシーネの心臓を撃ち抜いた。

「いまも、眩しい？」

「眩しい……ですね……」

そういえば、魔法の稀少《きしょう》さや騎士としてのシエルフィリードの強さは説いた。領主として有能であることも教えた。けれど、容姿がずば抜けて秀麗であることは、言っていなかった。

それだけでなく、王都で、次期王太子妃として悪意に晒《さら》されることもあったテオドシーネには、シエルフィリードの純粋さは眩しい。

挨拶の際に目を泳がせていた貴族たちも、テオドシーネと同じ感慨に襲われたのかもしれない。

◇

午後もたっぷりと休んで英気を養った二人は、王都最後の日にふたたび王宮へと参上した。ダニエルも付き添い、各領地からの報告書がまとめられた執務室へ入る。

今回の王都行きの目的は、国王陛下に結婚を承認してもらうこと、シエルフィリードの顔見せ、中央貴族への根回し――そして最も重要なのは、クイン領と王都間の報告の齟齬《そご》を見直すことだ。

大きな執務机いっぱいに西辺領地からの報告書を広げ、クイン領で写した記録と突き合わせて確認する。

結果、わかったのは、ブレンダン伯爵やそのほかの西辺領主たちはシエルフィリードの救援をいっさい報告していなかったということだ。それどころか、半分以上は握り潰され、残りも魔物として報告されることはまれで、ほとんどはヴァルトン王国の急襲ということになっている。

「予想はしていましたけれど……」

腕組みをしたテオドシーネが呆《あき》れたように額を押さえる。

魔物から領地を守ったと言うより、隣国の侵略から国境を守ったと言ったほうが国王の覚えもめでたい。捕虜の処遇や戦利品の処分は領地のほうですませたと報告されている。もちろん監察官が派遣されるのだが、買収されたのだろう。

大胆な嘘ほど露見しにくいとはよくいったものだ。

ただ、この件についてはほかの原因もある。

「本来ならば、魔物の撃退には相当の戦力が必要だ。人的損害も物的損害も覚悟せねばならん。死骸《しがい》からは瘴気《しょうき》が湧《わ》くと言われ、素材を回収するにも専門の職人が必要。事後処理には金がかかる」

「報奨金を騙《だま》しとったとしても赤字になるはずなのですよね……本来なら」

魔物、とくにドラゴンが現れたのなら、大慌てで王都に泣きついてくるはずだ。報告をすりかえたり隠したりするなんて、誰も考えやしない。

「シェル様が強すぎるがゆえに……隠しても採算がとれてしまうんですね……」

魔物が里におりたわけではなく、クイン家の騎士団も損害を受けていない。赤炎竜《ルビコニアス》を追い返したときのことを思い返せば、竜鱗《りゅうりん》があたりに散らばっていた。素材を売った金額からクイン家に支払う遠征費を差し引いて、赤字になったときにだけ隣国の侵略と報告し、報奨金を得る。それで事足りてしまうのだ。

「……」

「……」

なんともいえない表情で顔を見あわせるダニエルとテオドシーネを、シエルフィリードが眉じりをさげつつ見守る。シエルフィリードを責めているわけではないと言いたいところだが、規格外の実力に愚痴を言いたくなるのも事実。

規則というものは、きっちり決まっている分、想定の範囲外のことには弱い。

「……とはいえ、クイン領は魔物の出現を届け出ていました」

表情を戻したテオドシーネは、記録の写しをダニエルに見せる。

「ということは、王宮の官吏の中にも……おそらくは複数人、不正に手を染めている者がいるのだな」

「ち、義父上。申し訳ない。ぼくがうかうかしていたから……」

さらに深い皺を顔面に刻み込むダニエルの背後で、シエルフィリードがおろおろと両手を振る。

「いいえ、王宮内での不正は、シェル殿の責任ではありません」

ダニエルはゆっくりと首を横に振り、シエルフィリードに向き直った。

「王都とクイン家の断絶が不正を気づきにくくしていた側面はあるでしょう。ですが、罪はそれを犯した者の罪です。あなたのものではない。そして罪を糺《ただ》すのは我々の仕事だ。政治を取りまとめる宰相として、不正を見抜けなかったこと、心よりお詫び申しあげる」

深々と頭をさげるダニエルに、謝るつもりで謝られてしまったシエルフィリードはいっそう慌てた顔になる。

「そんな——顔をあげてください。ぼくのほうこそ……ああ、いや」

言いかけて、シエルフィリードは口をつぐんだ。身を起こしたダニエルの手を握る。

「どちらが悪いか、なんて言い方はやめましょう。ぼくは国王陛下に忠誠を誓いました。義父上もそうでしょう。それに、ぼ、ぼくの愛する、テオも……」

「!?」

顔を赤くしたシエルフィリードからちらりと視線を送られ、まさか水を向けられるとは思わなかったテオドシーネは声にならない悲鳴をあげた。

「ぼくは、テオの国を思う気持ちに心打たれたのです。今後は公爵として、そしてテオの夫としてふさわしくあると約束します。義父上に頼ることも多くなるでしょう。どうぞよろしくお願いいたします」

　ダニエルの手を握ったまま、シエルフィリードは深々と頭をさげた。これならば、自分を卑下することにはならない。実直で、真摯な言葉だった。

　ダニエルが力強く手を握り返してくれたのが伝わって、シエルフィリードは姿勢を戻す――そして、予想外の光景に（あれ？）と内心で声をあげた。

　シエルフィリードに向きあうダニエルの頬がなぜか赤い。ダニエルのかたわらに立つテオドシーネについては、顔全体が赤い。

「「ま……」」

「ま？」

「「眩しい」」

「えっ！」

　声をそろえて目を細める父娘に、思わず驚きの声が外へ出てしまった。

（昨日もテオに言われた。顔が眩しい、と……）

　シエルフィリードには、それがどういうことなのかわからない。ただ、時々テオドシーネが顔を赤くしたり奇妙な声を発したりするのはそのせいらしいので、両手で顔を覆う。

「あの、義父上にもぼくの顔は眩しいのですか？」

　どうしたものかと弱りながら問えば、「「はぐうっ！」」と悲鳴の二重奏が聞こえた。けれど、顔を覆い続けているシエルフィリードには、どんな状況なのかわからなかった。

執務室から王宮に併設された図書館へ移り、シエルフィリードとテオドシーネはドラゴンの生態についても調べた。新たな情報は見つからなかったものの、やはり冬の現在に雛《ひな》が現れたことは極めて特殊であるといえそうだ。

クイン家騎士団の記録もダニエルに渡した。

王都訪問の首尾は上々。

「記録があれば、誰が報告を握り潰していたのかが割りだせる。国王陛下にも正しい戦績をお伝えしよう」

「ありがとうございます」

「……ッ」

感謝と尊敬の念のこもったシエルフィリードのまなざしを受け、よろけそうになるダニエル。そんな父親を複雑な思いでテオドシーネは眺めた。

母親のコレリナに、「お父様も、あれでかわいいところがあるのよ」と言われたことがある。兄ヴィクトールと二人で首をかしげてしまったものだが、たしかにそのとおりなのだろう。親しみやすい一面を発見した嬉しさと、これまでわかりあえていなかった切なさが同時に胸を打つ。

（……まあ、家族に関する反省はあとでするとして）

シエルフィリードの言うとおり、大切なのは、未来だ。

朝のうちにコレリナやヴィクトールへの挨拶はすませている。慌ただしい別れになったものの、別れの言葉を継げることすら許されずに王都を追いだされたのに比べれば、今回はまたすぐに会える見込みもある。

「では、私たちはクイン領へ戻ります。——と、言いたいところですが」

テオドシーネはシエルフィリードと視線を交わしあった。

クイン領でやるべきことはまだ多い。赤竜のこともあるし、王都へ拠点を移すにしても準備もある。

シエルフィリード抜きで国境の警備をどうするのか、考えなければならない。

しかしその前に。

「国王陛下に謁見した際、国王陛下はおっしゃいました。協力してもらいたいこともある、と……その詳細をまだ聞いておりません」

ギルベルトが直々に言うのだからよほどのことだ。テオドシーネが告げた途端、ダニエルがさっと視線を逸らしたところから見ても。

「うむ……そうだな。手伝ってほしいことがある……」

ダニエルは表情を引きしめ、顔をあげた。

「シエルフィリード殿、テオドシーネ」

声にも、張りつめたものが宿る。宰相から名を呼ばれ、シエルフィリードとテオドシーネは姿勢を正して相対した。国家の機密に関わることだと察したからだ。

「これは、他言無用で頼む」

「はい」

シエルフィリードが答える。ダニエルは気を落ち着けるように大きく息を吸い、長々とはきだした。

「ブレンダンの屋敷から、名忘草《ナワスレソウ》の粉末が押収された――つい先週のことだ」

低い声で告げられた事実に、シエルフィリードとテオドシーネは息を呑む。

名忘草《ナワスレソウ》――通称〝幻覚草〟。微量な魔力を宿す植物で、とくに開花後の花びらは魔力量が多くなる。種になる前に採取し、粉末にしたものを飲み物などに混ぜて体内に吸収させると酩酊《めいてい》状態に陥る。人体に関する影響は麻薬並みの危険度とみなされ、多くの国で使用も所持も禁止されている。

貴族は他国や他領と交易の機会がある。誤って取引されないよう、貴族学校でも教えられるし、国からの通達も数年に一度は出る。

「問題はそれだけではない。その粉末は、青い色をしていたのだ」

「名忘草《ナワスレソウ》の花びらは、黄色いはずでは？」

テオドシーネが尋ねる。妃教育でも禁制品として挙げられた名忘草《ナワスレソウ》の見分け方は、明るい黄色の花びらに同色の種。粉末になったとしてもそれは変わらないはずだった。

「誰もが最初は気づかなかった。王宮牢《ろう》に入れられたブレンダンが隠し持っていた粉末を看守に飲ませようとして発覚した。看守の様子がおかしいので秘密裏に宮廷魔術師に鑑定させたところ――」

「多量の魔力が検出された、と？」

「そうだ」

頷くダニエルの表情は暗い。王都で最初に会ったとき、疲れた顔をしていると思ったのはこのせいだったのだ。

国王ギルベルトとダニエル、立ち会った宮廷魔術師などの数名しか知らない機密なのだろう。

王都滞在中ではなく、帰領する直前になって告げたのは、シエルフィリードやテオドシーネに余計な緊張を強いないため——有り体に言えば、晩餐会などで二人からボロが出ないように、だ。家族にもそうした態度をとれるのが、ダニエルが宰相として国王から重宝されている理由でもある。

「そういえば、青い花……」

テオドシーネが呟くと、ダニエルが片眉をあげた。

「何か、思いあたることがあるのか」

「はい。ピエトロ殿下がクイン領に押しかけ……いえ、ご訪問の際に、胸に青い花を飾っていらっしゃったと覚えております」

小さな、可憐《かれん》な花だった。ピエトロが胸に生花を挿しているのは初めてで、絵になると思ったものだ。ただ、禁制品である名忘草《ナワスレソウ》と結びつけて考えることはなかった。

「それでは、ピエトロ……殿下は、幻覚草を使われてあんなことを？」

シエルフィリードが尋ねる。あいかわらず、ピエトロのことを口にするとしかめ面になってしまうようだ。

「可能性は高いですね。ピエトロ殿下はもとからあの性格でしたので気づきませんでしたが、頑《かたく》なになっていたのは幻覚草の影響もあったのかもしれません」

クイン領で対峙《たいじ》したとき、ピエトロの魔法は以前よりも威力を増していた。あれも怒りのせいではなく、幻覚草のもたらす魔力のせいだったのかも……などと考えていたら、苦笑するダニエルと目があった。

「テオドシーネ、お前……言うようになったな」

「あら……クイン家に毒舌な家令がおりまして。ほほほ、こほん」

テオドシーネは小さな咳払いをして真面目な顔を作る。

「もしそうだとすれば、問題は二つあります。これまでの〝黄色い粉末〟ではなく〝青い花〟に注意を払わねばならないこと、それから——ブレンダン家は、なぜ生花を入手できたのか」

ダニエルも無言で頷いた。眉根を寄せた険しい表情が、同じ懸念を語っている。

「花が枯れることのないほど身近に、入手経路があるということ……」

幻覚草が粉末に加工して取引されていた理由は、他国から密輸する以外に手に入れる方法がなかったからだ。ピエトロの胸にあった花は瑞々《みずみず》しかった。魔力の効果で普通の花よりは枯れにくいとしても、もって二週間ほどではないだろうか。

青い粉末を所持していたということは、ブレンダン家は青い花を入手し、自分たちで加工したことになる。たまたま持っていた、ですむ話ではない。

「父親のほうのブレンダンは、いま？」

シエルフィリードの問いに、ダニエルは肩をすくめた。

「見張りを増やして牢にいる。口を割らなければ処刑はされないと知っていて、ずいぶんと粘っているよ。ジェイネスも行方《ゆくえ》をさがさせてはいるが……」

ブレンダン伯爵家が取り潰されたため、妻や息子たちも貴族籍を奪われて王都を追放された。これまで使用人に頼って生きてきた貴族にとって、着の身着のままで追放されるというのはほとんど処刑と同じだ。運よく町にでもたどりつき、住処《すみか》や仕事が得られればいいが、すでに野垂れ死にした可能性もある。

手詰まりかと思っていたところに、テオドシーネが情報をもたらした。

「ピエトロ殿下が手がかりを持っているかもしれません。話を聞くことはできますか？」

少なくともピエトロがどういった経緯で青い花を得たのかは調べなければならない。

そう思い尋ねると、ダニエルはまた視線を逸らして微妙な表情になった。

「うむ……実は折よくと言おうか、面倒をかけると言おうか……」

「？」

煮えきらない態度のダニエルにテオドシーネは首をかしげる。その視線を避けるようにダニエルは一度ドアに向かい、廊下へ何事か呼びかけた。控えの従者の一人が歩いていく足音がする。しばらくすると、足音は複数になって戻ってきた。

「お連れしました」

「ああ、どうぞ」

短いやりとりのあと、ドアが開く。目下の者に対する「入れ」でもなく、かといってドア近くまで出迎えにいくわけでもない。やはり妙なダニエルの対応にまた首をかしげかけ、入室してきた二人の人物にテオドシーネは目を見開いた。

青ざめた顔に苦虫を噛《か》み潰したような表情を貼りつけ、視線を泳がせているのは、たったいま話題にしたピエトロ。体を丸めるようにして立ち、ちらりとシエルフィリードを見ては、ますます顔色を悪くする。自分よりも美しい顔の男がいるという現実をいまだに受け入れられないらしい。ついには酔ったようにふらつき、ソファに倒れ込んだ。

慌てた顔でマリリンがピエトロの隣に座り、「大丈夫ですか」と声をかけるが、こちらはこちらでシエルフィリードを盗み見ては顔を赤らめる。

シエルフィリードは無表情を装っているが、ピエトロを見るたびにわずかに眉根が寄っている。

互いに挨拶もなく、部屋には気まずい沈黙が落ちた。

「……クイン領へ帰る際、同行させてほしい」

「お父様、もとからこのつもりでしたね？」

実質は下位貴族の扱いとはいえ、ピエトロの肩書はいまだ第一王子である。旧ブレンダン領へ赴任させるにしても、適当な護衛で王都を出すわけにはいかない。しかし幻覚草の一件で、捜査のための人手が割かれる。

そこで、クイン公爵夫妻と一緒に送りだしてしまえば安心……ということになったのだろう。出立の直前まで幻覚草のことを告げなかったのは、機密管理のほかに、単純に言いだしにくかったからというのもありそうだ。

（たしかにシェル様が一人いれば、護衛としては問題ないけれど……）

シエルフィリードは腕組みをして目を閉じてしまった。これはテオドシーネとピエトロを同行させるなんて、という、温厚なシエルフィリードなりの抗議の姿勢だ。

（ただ、お父様にはまったく通じていないわね……）

必死に不機嫌をアピールし、さくっとスルーされているシエルフィリードの姿に胸がきゅんとなる。

四人のうち誰も納得がいっていないのだが、事情を知るシエルフィリードとテオドシーネには異論を唱えようがないし、ピエトロとマリリンは文句の言える立場ではない。

「ピエトロ殿下、マリリン嬢。二人には聴取を受けていただく。その後、シエルフィリード殿とテオドシーネの帰領に同行する形で旧ブレンダン領のネルデコス地区へ赴任となる」

「……わかった」

重々しく言い渡すダニエルに、ピエトロも不承不承といった顔で答えた。微妙な間はピエトロなりの抵抗らしいが、ダニエルはこれもさくっとスルーした。

侍従に言いつけて紙とペンを持ってこさせると、ピエトロに向きあう。

「では、お話をお聞かせください」

鋭い視線が、ピエトロをひたと見据えた。

# 第三章　竜頭人身の騎士

馬車内には、先ほどと同じような、なんともいえない空気がただよっていた。

進行方向に向かって、シエルフィリードとテオドシーネが並び、その正面にピエトロとマリリンが座る。

ダニエルがこのために手配しておいたという馬車は、クイン家の馬車よりもふたまわりも大きく、座席が広くとられていた。

とはいえ、同室の気まずさが消えるわけではない。ピエトロは足を組んで尊大な態度をとっているものの、青ざめた顔で虚《うつ》ろな視線を窓の外へ投げかけているし、マリリンはシエルフィリードを見てはうっとりとため息をついているからなおさら。

二台の馬車に分かれて乗りたいところだが、それでは護衛にならないので仕方がない。

へそをまげてしまったシエルフィリードはむっつりと黙り込んでいる——と見せかけて、正面の二人からは見えない位置でテオドシーネの手を握って、ときどき手の甲を撫《な》でてくるのでテオドシーネはにやけそうになる顔を引きしめて必死に平静を装っている。

（どこで覚えてきたのかしら、こんなの）

行きの道すがらではたくさんの話ができて楽しかった。だから突然できた同行者にすねる気持ちもわかる。でもこれはあんまりにも……小悪魔というやつではないだろうか。

（いけない、別のことを考えましょう。そうだわ、クイン領に戻ったら、旧ブレンダン領探索の準備をしなければ）

出立前、ダニエルを通じ、ピエトロが管理する区域に入ってよいという許可を国王陛下から得てきた。青い花の手がかりをさがすためだ。

聴取の場で、ピエトロはマリリンから、マリリンはジェイネスから青い花を渡されたのだと供述した。『この花の香りは勇気を奮い立たせてくれる』とジェイネスは手紙に書いていたそうだ。

ピエトロが青い花を見たのはそのときが初めてだったが、ジェイネスは常にピエトロのそばに侍《はべ》り、取り巻きを集めての馬鹿《ばか》騒ぎの際には食事や飲み物を用意することもあった。隠れて粉末を混入することも容易《たやす》かったに違いない。

「そういえば……宴《うたげ》でジェイネスから渡されたジュースを飲むと、妙に気分が弾んだな」

「おかしいと思わなかったのですか？」

ついダニエルの横から口を出してしまったテオドシーネに、ピエトロはムッと眉根《まゆね》を寄せる。

「ジェイネスはいつも手鏡をさしだしてくれたからな。自分の顔を見れば気分が弾むのは当然だろう」

「……」

それはおそらくピエトロのご機嫌とりのためにしていたのだろうが、それ以上にごまかしの効果があったようだ。

「なんだ、その目は——」

白けた視線を向けられ、ピエトロも険悪な顔つきになる。が、その表情はすぐに虚ろなものになった。

睨《にら》むピエトロからテオドシーネを庇《かば》うように、シエルフィリードが前に出たからだ。

「やめてくれ、そいつを俺《おれ》の視界に入れるな……」

両手で髪をかきむしり、ガタガタと震え始めたピエトロを、マリリンが肩を貸してソファに横たえてやっていた。

（心の傷は、相当に深いのよね……）

意識の外へ追いだせているうちはいいが、己の最大のアイデンティティが失われたことを思いだしてしまうとだめらしい。いまもピエトロが窓の外ばかり眺めているのは、シエルフィリードを見ないようにするためだ。

（それがわかっていて同じ馬車に乗せるなんて、お父様はまだ怒っていらっしゃるのね）

冷静に聴取を行っていたように見えても、内心でははらわたが煮えくり返っていたのかもしれない。

テオドシーネも窓へ視線を向けた。夕焼けに色づく田園風景が終わり、家屋が増えてくる。そのうちにでこぼことした土の道から、舗装された石畳へと変わった。

町へ入り、馬車の速度がゆるんだ。大通りを四分の一ほど進み、とある建物の前で停まる。四階建ての、煉瓦《れんが》造りの重厚な構えで、階段をあがったところにアーチ状のエントランスが出迎えてくれる。三階と四階は客室で、大通りに面して等間隔に窓が配置されている。建物の裏には庭園が設けられ、馬の厩舎《きゅうしゃ》もある。

徒歩の従者が馬車の扉を開けた。

「ガラーマの中継所です」

まずシエルフィリードが馬車を降り、テオドシーネをエスコートした。そのあとからピエトロが降り、同じようにマリリンをエスコートする。

外に出たテオドシーネは大きく伸びをした。はしたない仕草ではあるが、王宮を出てから半日、馬車に揺られ続けてきたのだから大目に見てほしい。

ピエトロとマリリンも腕をまわしたり、腰をさすったりしている。

「今夜はここに泊まるんだな？」

「いえ？　ここでは夕食と、馬を交換するだけですよ」

ほっとした表情で尋ねるピエトロに、テオドシーネは首を横に振った。中継所というのは、規模の大きな町に作るよう定められている施設で、食事の支度や馬の世話をしてくれる。もちろん宿泊もできるものの、今回の旅で使う予定はない。

「眠るのは馬車で、です。そのあいだも動いてくれますから。私たちはなるべく早くクイン領に帰らなければなりませんので」

ロドリオは頼もしくうけあってくれたが、やはり赤竜の動きが気になる。それに青い花のこともある。新領主となるピエトロやマリリンだって、ぼんやりとしてはいられないはずなのだ。

広く上等な馬車は座席もほどよい張りのやわらかさ。さらに、留め具を外せば座席の背もたれがまっすぐにのびるようになっていて、体を横にして眠ることもできる。

しかし当然のように返事をしたテオドシーネに、二人はぎょっと目を剝《む》いた。

「ば、馬車で？　本気で言っているのか？　あんなところで眠れるわけがない」

「ここまできたのだって、もう体じゅうが痛いのに！　馬車の軋《きし》みと一緒に、全身がギシギシ言っている気がするの！　ふかふかのベッドを用意してくれなきゃ――」

「私はピエトロ殿下に婚約破棄され王都を追いだされて、三日三晩馬車に揺られてクイン領に送られましたが？」

テオドシーネがにっこりとほほえめば、二人はぴたりと口をつぐんだ。自分たちのした仕打ちがどれほど酷《ひど》いことであったか、ようやくわかってきたらしい。

「まあ、有事の際の訓練と思えば」

頰《ほお》に手をあて、テオドシーネは笑みを浮かべたまま言った。

「領地から王都に駆けつけなければならないこともありますし、その逆もあるでしょう。体を慣らしておくのはよいことだと考えることにしましたの」

そして実際、今回も先を急ぐ旅だったために、シエルフィリードとテオドシーネはゼロ泊三日の強行旅程で王都へあがり、国王への謁見や晩餐会《ばんさんかい》をこなし、またゼロ泊三日で帰領しようとしている。

もとよりシエルフィリードは騎士ということもあり、こうした移動をものともしない。

この通告には、さすがのマリリンも青ざめた。ピエトロもマリリンも王都から出たことはほとんどないし、あってものんびりとした観光旅行だ。

虚ろな目で馬車を見上げる二人の姿に笑いが漏れそうになって唇を引き結ぶ。

（いけないわ、人の不幸を楽しんでは……）

そうはいっても、先にテオドシーネの人生をめちゃくちゃにしようとしたのはピエトロとマリリンだ。表に出さずに楽しむ分には罰は当たらないだろう。ダニエルの気持ちがわかってしまった。

「中に入りましょう。もちろん食事のあとに休憩もとりますから」

まだ呆然《ぼうぜん》としているピエトロとマリリンに声をかけ、テオドシーネはシエルフィリードを振り向いた。

「シェル様も――」

「――……」

シエルフィリードは、鋭い視線を大通りの雑踏にめぐらせていた。テオドシーネはそっと近づき、周囲に聞こえない小声で尋ねる。

「どうされたのですか？」

「いま、視線を感じたような」

言いながらも、その主をさがすことは諦《あきら》めたらしい。シエルフィリードは表情をゆるめ、テオドシーネの手をとった。

シエルフィリードに寄り添い、煉瓦造りの建物へと向かいながら、テオドシーネもあたりを見まわす。いまいる地点は中継所をはじめとして宿屋が多く並ぶが、しばらくいけば商業区のようだ。迫りつつある宵闇《よいやみ》の中にあっても町は活気に賑《にぎ》わっていて、人通りも多い。

通りがかりの誰《だれ》かが、シエルフィリードに見惚《みほ》れたのかもしれない。王都でも、いまも、シエルフィリードはもうかぶりものをしていないから。

（でも、もしかしたら――）

よぎった想像は、現実味のない妄想だろうか。

◇

テオドシーネの言葉が堪《こた》えたのか、ピエトロとマリリンは翌日も翌々日も馬車での寝起きをおとなしく受け入れ、三日後には一行は予定どおりクイン領の東端、ザルデブルクの町にたどりついた。

「クイン領で一度、旧ブレンダン領で一度、魔物の襲撃がありました。すぐに撃退し、被害はありません」

中継所の応接室で、若い騎士から報告を聞く。

「わかった。ありがとう。引き続き任に当たってくれ」

シエルフィリードが答えると、騎士は目を輝かせて「はっ！」と再敬礼した。熱のこもった視線の先には、異国の文様が描かれた衝立《ついたて》がある。

「……どうしてまだ衝立なのですか」

騎士が出ていったあと、テオドシーネは思わず言った。

王都では堂々とふるまっていたのに、領地に戻り、騎士を前にするとなった途端にシエルフィリードは衝立の陰に隠れてしまったのだ。

「だって……やっぱり何度考えても、ぼくの見た目じゃみんなを失望させるだけだし……」

「何を言っているのだ、こやつは？」

「こやつと呼ばないでください。シエルフィリード様です」

しょんぼりと肩を落とすシエルフィリードにピエトロが胡乱《うろん》な目を向ける。

そういえば初対面で怒りをぶつけられたピエトロは、シエルフィリードの素の性格を知らない。

「まあ、色々ありまして……謙虚な方なのです」

シエルフィリードの自信のなさは、過去に西辺領主たちが植えつけたトラウマからくるもの。ただ、貴族恐怖症が治っても、すべてが問題なしとはならないらしい。

根本にあるのは、厳《いか》めしい姿の父親と比較され、失望されることへの恐怖――騎士団や領民を大切に思っているからこそ、シエルフィリードは彼らの期待を裏切りたくないと願うのだ。

（見た目だけで失望することはないと思うけれど……）

巨鎧の中からシエルフィリードが出てきた場合、あまりのギャップに混乱はきたすかもしれない。

（まずはロドリオさんに見せてみて、その反応で……）

考え込むテオドシーネの前で、ピエトロがつかつかとシエルフィリードに歩みよった。声をかける暇もなく、シエルフィリードの襟首をつかみあげる。

「な……っ」

「貴様、自分の見た目に自信がないと言うのか」

立ちあがったテオドシーネの耳に、地を這《は》うような声が届いた。

シエルフィリードは呆気《あっけ》にとられた顔をしている。シエルフィリードにとってピエトロの暴力など脅威ではなく、いまもその気になれば手を振り払うこともできる。だが、ピエトロにとってシエルフィリードの顔面は脅威でありトラウマの源だ。淡灰の瞳《ひとみ》を見据えるピエトロは顔面蒼白《そうはく》で、冷や汗をかいて震えている。どちらが襟首をつかみあげられているのかわからないほど。

それでも、シエルフィリードの態度はピエトロにとって許せないものだった。

「貴様の顔は俺より美しい……っ！　美しいのだ!!」

血反吐《ちへど》を吐きそうな表情で、ピエトロは叫ぶ。

一瞬、応接間に沈黙が落ちた。

シエルフィリードは目を白黒させているし、駆けよろうとしていたテオドシーネも動きを止める。

全員の視線を集めながら、ピエトロは息を荒らげた。

「もう一度言うぞ！　貴様の顔は俺より美しい!!　にもかかわらず、自信がないだと……俺より顔のいいお前が、見た目に悩んでしょぼくれた顔をするな!!　それは俺への侮辱と知れ!!　わかったか!?」

「えっ、あっ、はい……」

気圧《けお》されたシエルフィリードが小さな声で答える。

「……よし」

手を離すなり、ピエトロは床に倒れ込んでしまった。怒りでシエルフィリードに対峙《たいじ》できたものの、気力を使い果たし限界が訪れたらしい。

マリリンが寄ってきてピエトロの目にハンカチをかけてやる。それで青ざめた顔色も少し隠れたが、あがった息や震える手は隠しようがない。

「……謙虚というのは、実力を理解したうえで驕《おご》らないことだ。やみくもに自分を卑下するのとは違う」

「ピエトロ殿下……」

「俺は、国一の美しさで民をまとめることができると考えていた。しかし俺を超える者が現れた。だから、国王にはなれない……なれると言ってしまったら、過去の自分を否定することになる」

息も絶え絶えになりながらの独白に、テオドシーネは視線を伏せた。

王太子の座は、ピエトロ自ら返上したと聞く。その結論を出すまでに、己の進退について考えをめぐらせたのだろう。

「父上は、俺が美しさに頼らず政治を行えるようになれば、王の座に手が届くこともあろうとおっしゃった」

「えっ！　王太子に戻れる希望があるのですか!?　わたしも王妃に!?」

「言っておくが、可能性はほとんどない。俺が政《まつりごと》の資質を身につけるより弟が成人するほうが早いだろうからな」

頬を上気させたマリリンは、ピエトロの答えに小さく舌打ちをした。この二人は大丈夫なのかと心配になるテオドシーネだが、マリリンは床に片膝《かたひざ》をつき、震えるピエトロの手をそっと握っている。一緒にいるということは互いに想《おも》うところはあるのだと信じたい。

シエルフィリードも神妙な顔でマリリンの反対側に膝をついた。

「ピエトロ殿下の激励、しかと心に留めます」

言葉どおり、胸に手を当て、シエルフィリードは頭《こうべ》をたれる。

「そうしてくれ」

顔の上半分はハンカチで隠れたまま、ピエトロはふっと口元をゆるめ、言った。

「……そろそろ、ソファにでも寝かせてくれるとありがたいのだが。背中が痛い」

残念ながらピエトロの願いは聞き入れられず、彼が横たえられたのはソファでもベッドでもなく馬車の座席だった。クイン領に入ったとはいえ、ピエトロとマリリンを送り届けるにはあと半日はかかる。先を急ぐに越したことはない。

馬車は、旧ブレンダン領沿いの街道を走り、クイン領と直轄領をつなぐ街道に入った。

ネルデコス地区というのが、ピエトロが治めることになる領地の名だ。分割された旧ブレンダン領のうち、都市や町のある経済区域。そこをうまく経営できるかが一つ目の試験になるだろう。

ピエトロとマリリンの住まいは、いくつかあるブレンダン伯爵の館《やかた》の一つを改装したそうだ。クイン家の本邸に比べればこぢんまりとした構えであるものの、風雅といえるたたずまい。

屋敷にはすでに使用人がそろっており、役人たちも待ちかまえていた。馬車から人影が降りてくるのを認めた途端、出迎えに駆けよってくる。しかし彼らの足並みは鈍り、訝《いぶか》しげに止まった。

大きな馬車から二組の男女が降りてきたからだ。

一方は、金髪碧眼《へきがん》の麗しい顔立ちの貴公子と、エメラルドのゆたかな髪をなびかせた美女。一見すればこちらが領主のように思えるのだが――。

もう一方は、銀髪銀眼の、さらに美しい貴公子。彼を見れば、一組目の美男美女もあっというまに霞《かす》んでしまう。そんな彼が大切そうにエスコートするのは、栗色《くりいろ》の髪に栗色の瞳という落ち着いた外見ながら、堂々と立ち、知性を感じさせるまなざしの貴婦人。

使用人代表の執事と、役人代表の長官は、注意深く視線を交わして頷《うなず》きあった。そして、領主はこちらだろうという二組目の男女――シエルフィリードとテオドシーネに、深々とお辞儀をした。背後に控える一同も彼らに倣って礼をする。

「ようこそおいでくださいました、旦那《だんな》様、奥様。わたくし、ブレンダン家で執事を務めておりましたメルクと申します」

「わたくしは役人のとりまとめをしております――」

「あの……ぼくらは、クイン公爵家の者で」

シエルフィリードが申し訳なさそうに長官の名乗りを遮る。テオドシーネも、なんともいえない表情で隣を示した。

「ブレンダンの新領主は、あちらの方々です」

「えっ」

「え？」

慌てて振り向いた執事と長官の目に映ったのは、うなだれるピエトロとマリリンの姿だった。

◇

針葉樹の林の中を、騎士たちが進む。先頭をゆくのは愛馬ゼピュロスに跨《またが》るシエルフィリード。二番手はノトスとテオドシーネだ。二人にやや距離を開けて、ロドリオが続く。

ネルデコスの屋敷にて騎士団と合流したシエルフィリードとテオドシーネは、そこから調査に出発した。ピエトロとマリリンは屋敷で大量の引き継ぎに追われているはずだ。

領主がすげ替えられた場合、最初の数か月は大いに混乱する。それを見越して旧ブレンダン領の国境側はクイン領に編入された。

テオドシーネはちらりと斜め前に視線を向けた。

いまクイン家の騎士団が向かっているのは、グリーベル山脈のふもと。

木漏れ日を受けて、ゼピュロスは栗色の毛並みを艶々《つやつや》と輝かせる。足元の悪い獣道でも、クイン家の馬たちはなんなく進んでゆく。そこまではいい。

問題は、あいかわらずの白銀で全身を覆ったシエルフィリードの姿。セバスチャンに命じて、騎士団に運ばせたらしい。ゼピュロスとノトスも連れてきてくれたから助かっているが……。

「まずはロドリオに見せてからにする」

兜《かぶと》をかぶる前、シエルフィリードは目を泳がせながらそう言った。テオドシーネも同じ考えではあったので、何も言わないことにした。

調査が終わり次第、シエルフィリードとテオドシーネは騎士団に同行してクイン領に戻る予定だ。またデイナ砦《とりで》に宿をとらせてもらい、素顔を見せるならそのとき。

(シエルフィリード様の容姿について、あらかじめロドリオさんに伝えたほうがいいかしら？見ても驚かないようにと釘《くぎ》を刺しておくべきだろうか。

(そこまではさすがに……でも万が一……)

裏表のないロドリオだけに、素直な気持ちをそのまま言葉にすることはありえる。テオドシーネが眉《まゆ》を寄せたときだった。

ノトスがぴたりと歩みを止める。

顔をあげると、シエルフィリードを乗せたゼピュロスも前方で身を固くしている。耳をぴんと立て、さぐるような視線を向ける表情は警戒だ。怯《おび》えでないところはさすがクイン家の馬で、合図をすればいつでも走りだせるように身構えている。

ガサガサと茂みが揺れる。枝を踏む気配はどうやら複数。徐々にこちらへ近づいている。

獣なら、騎士たちの気配や金属の匂いを嗅《か》ぎとるはずだ。人間がいるとわかってわざわざ寄ってはこない。

（魔物？）

テオドシーネの脳裏に赤炎竜《ルビコニアス》がよぎる。

（けれど、それにしては音が小さいわ）

王都へ行く前に見た雛《ひな》も、羊ほどの大きさはあった。茂みに全身が隠れてしまうことはありえない。

決めきれないでいるうちにひときわ大きく葉が揺れ、何かが飛びだしてきた。

（しまった！）

ピンク色の物体が馬上のテオドシーネを目指してまっすぐに跳ねる。このままでは直撃に——と思えば、物体は、べいん、と音を立てて空中で制止した。

べいん、べいん、とその後にも鈍い音が続く。

赤い鱗《うろこ》に覆われたトカゲのような生物が、空中で腹を見せている。頭部や背の鱗がたてがみのように尖《とが》っているところが普通のトカゲとは違う。鱗の尖端《せんたん》が赤くちらちらと輝く。

「よかった、間に合った」

ほっと息をついたシエルフィリードが腕をおろす。テオドシーネとトカゲのあいだに氷の壁を展開してくれたのだ。

進撃を阻まれ、トカゲたちは氷の壁に爪《つめ》を立てながら不満げに声をあげていた。甲高い、金属を擦りあわせるような耳障りな音に、背中でぴるぴると動く発達途上の翼。

大きさはまったく違うが、これらの特徴を持つ魔物は一種しか思いつかない。

「シェル様、これは赤炎竜《ルビコニアス》の雛、ですよね……生まれたてなのでしょうか」

「うん。とても小さいし、魔力もほとんどなさそうだ」

氷ごしに舌を出して「ジイイィィッ」と威嚇するものの、炎を噴くわけでもない。大きさも手のひらに載る程度。火蜥蜴《サラマンダー》のようなものだ。ゼピュロスもノトスも警戒を解き、ものめずらしそうに眺めている。

油断していた、のかもしれない。それとも、動物たちの様子に、危険がないと無意識に感じたのか。肩の力を抜いたテオドシーネの目の前で、雛たちは氷に爪を引っかけ、すばやく壁をのぼった。最上部にたどりつくと四本の足を踏んばってふたたび跳ねる。

きょろりとした視線の向かう先は、テオドシーネではなく。

「うわっ！」

ピンクの弾丸が、シエルフィリードの兜に命中した。最初の一匹に続き、雛たちは我先にと氷の壁を乗り越えてシエルフィリードに殺到する。

白銀と赤銅が何度もぶつかりあい鈍い音を立てた。

「シエルフィリード様！」

体勢を崩したシエルフィリードの頭がぐらりと傾く。否、それは頭ではなく、兜だ。赤竜の体当たりを受けて、脱げた兜が地面に落ちる。

（いけない、素顔が……！）

届くはずもない手を反射的にのばし、シエルフィリードの素顔を隠してやろうとしたテオドシーネは、そのまま動きを止めた。

兜を失ったシエルフィリードの頭部は、ドラゴンの形をしていた。

（ひ、久々の、かぶりもの……っ！）

どうやらこれも鎧《よろい》とともに届けさせせたらしい。そういえば初めて赤炎竜《ルビコニアス》討伐に同行した際も、シエルフィリードはゴブリンのかぶりものを兜の下につけていた。

幼い赤竜たちは鎧をよじのぼりドラゴン頭のシエルフィリードにまとわりつくと、鳴き声をあげている。先ほどまでの威嚇音とは違う、楽しげにも聞こえるような声。

「ジャッ！」

「ジャジャッ！」

「あの……シェル様、大丈夫ですか？」

白銀の鎧を着た竜頭人身の騎士が、赤竜の赤ん坊になつかれている。一見した印象はそれだし、たぶん間違ってはいない。

「ぼくが魔法を使ったから、ぼくを親だと思ったみたいだ」

（たぶんその頭も一因ですよ）

生まれたての彼らにとって、ドラゴンの頭を持ち、膨大な魔力も持つシエルフィリードは庇護者《ひご》に見えたのだろう。

（あら、でも、赤炎竜《ルビコニアス》は子育てをしないはず……？）

自分よりも大きなドラゴンは、庇護者ではなく、縄張り争いの相手ではないのだろうか。

「ド、ドラゴンをなつかせるとは、さすがシエルフィリード様……っ！」

感極まった声にテオドシーネが振り返れば、ロドリオが尊敬をまなざしいっぱいにたたえてシエルフィリードを見つめていた。騎乗のロドリオは、咄嗟《とっさ》に駆けつけようとしたが、シエルフィリードが体勢を立て直したのを見て馬を止めたのだ。

（ロドリオさん、兜の下からドラゴンのかぶりものが出てくることには驚かないのね）

ドラゴンを従えたとかなんとか、シエルフィリードの噂《うわさ》に新たな一説が加わるかもしれない——テオドシーネはそんな予感に見舞われた。

悩んだすえ、シエルフィリードは赤炎竜《ルビコニアス》の雛たちをグリーベル山脈の中腹へと放すことにした。魔力を込めた魔石をいくつか土に埋めると、彼らは近くに穴を掘って身を丸め、眠り始めた。

「王宮の図書館で、赤炎竜《ルビコニアス》は冬眠するという説を見たんだ」

魔石の魔力があっても、こんなに小さな体で冬を越えられるかはわからない。野生動物にとっての冬眠は死と隣りあわせの習性で、危険度はドラゴンといえども同じだろう。だからといって、魔物と必要以上に馴《な》れあうことも互いの生活を脅かす。

人間にできるのはここまでだ。

◇

その後も数日にわたって調査は続けられたものの、めぼしい成果はなかった。ピエトロとマリリンは領地の経営に慣れてきたようだし、シエルフィリード自身もクイン家の騎士団も、これ以上領地から離れているのもよろしくないだろうということで、いったんクイン領に帰還することにした。

「このあたりに何かあるのは確実だね。結界を張っておこう」

雛たちの飛びかかってきた道沿いに、シエルフィリードが細長い杖《つえ》のようなものを地面に差す。先端の魔石をとり囲んで金属の透かし細工が施されている。シエルフィリードが魔力を込めると、魔石は淡い光を放ち、細工の模様が宙に浮かびあがった。テオドシーネはよく知らないが、書物で見た魔法陣のようだ。

興味津々に魔法陣を覗《のぞ》き込んでいると、シエルフィリードが懐から何かを取りだして見せた。杖の先端にあるのと似た魔石を、やはり似た魔法陣の金属細工が覆っている。

「結界魔道具だよ。杖を等間隔に設置することで結界を張ることができる。結界に触れると魔力反射が起こるから、弱い魔物なら驚いて逃げだす。もし結界が壊された場合は、こっちの魔石も砕けて、魔物の侵入を感知することができる」

これまではクイン領のみに張っていた結界を、新しく編入された区域にも広げる。

説明に頷きながら、テオドシーネはそっとシエルフィリードを見た。結界設置という細かな作業をするには動きづらそうな鎧姿で、顔は見えないが、眉根を寄せた表情が想像できるような気がした。

日を追うごとに冬が近づいてきているというのに、生まれたての赤竜が出現する理由。

数週間前には、あの雛たちは卵であったはずだ。複数の卵が集まり、孵《かえ》る場所は、巣だ。

「ぼくらはいったん屋敷へ戻るけど、ロドリオたちにはデイナ砦で装備を整えて、もう一度このあたりをさぐってもらう」

時期外れの営巣。

そこに関わるのは、ダニエルの言っていた〝青い花〟だろう。

# 第四章　割れた兜

新領主だと紹介されたときの、居並ぶ役人や使用人一同のがっかりした顔は忘れられない。幼少期から見目の麗しさを褒めそやされて育ったピエトロは、あんな顔で迎えられたことなどなかった。

それもこれも皆、シエルフィリード・クインの顔面のせいである。

透き通るような白い肌にゆるく癖のかかった銀髪。冷泉の底に沈んだ銀杯のような瞳《ひとみ》は知性をたたえ、騎士としての立ち居振る舞いは、若く見える容貌《ようぼう》と真逆の威厳を感じさせる。要は「お若いのになんと立派なお方」という印象を与えるのである。実際にはそこまで若くないにもかかわらず。

その印象を補強するのがテオドシーネだ。次期王太子妃として培ってきた所作の美しさやにじみでる気品で、シエルフィリードの好印象を倍加する。テオドシーネこそ「お若いのになんと立派なお方」と言われるべき人物なのだ。

そうした感嘆の気持ちを胸にピエトロに目を移せば、美しくはあるがシエルフィリードほどではないし、それが自覚できるだけにいっそう態度は弱気になる。長旅の疲れもあった。「見た目はよいが中身は伴っていなさそうなボンボン」くらいの印象だったろう。マリリンに至っては、挨拶《あいさつ》もろくにできず、気にもされていなかった。

（ここから巻き返すのは相当に難しい）

一瞬逃げてしまいたくなったピエトロを踏みとどまらせたのは、これもシエルフィリードの存在だった。

国一番と信じていた美貌《びぼう》でも、希少というだけで価値があったはずの魔法でも、自分は負けた。もはや自分には誇れるものが何もない。

何もないのだから、何もない人間として生きていくことに慣れなければならない。

直轄領の管理を命じたのは、父王ギルベルトのやさしさだ。

二人きりになった屋敷でマリリンの華奢《きゃしゃ》な肩を両手でつかみ、ピエトロは言った。

「いいか、マリリン。俺《おれ》たちは崖《がけ》っぷちだぞ。夢は見るな」

もう甘い夢に踊らされてはならない。

ピエトロの声色に真剣さを感じとったマリリンも青い顔で頷《うなず》いた。

――と、決死の覚悟で挑んだものの。

意外にも、ひと月ほどでピエトロは役人たちに受け入れられた。

婚約破棄の咎《とが》を責められ、スパルタ家庭教師《マッキンタイア》をつけられたピエトロは、容赦なく知識を詰め込まれた。そのおかげで、一通りの書類は読めるようになっていた。報告された内容は理解ができる。

さらに、調子にのって痛いしっぺ返しをくらった経験から、ピエトロは慎重に物事を進めた。役人の意見も聞き、専横を避けた。

結果、役人たちの評価は、「見た目はよいが中身は伴っていなさそうなボンボン」から「見た目がよくて中身もまあまあのボンボン」に好転したらしい。

「先代様を悪く言ってはいけませんが……役人の皆さんを困らせておられたのはたしかです」

執事であるメルクがそうこぼしたことがあった。ピエトロには引き連れてくるような部下はいなかったから、大部分の役人や使用人はブレンダン伯爵が領主だったときのままである。当然、メルクも以前はブレンダン伯爵に仕えていた。

「王都で権力を握ることに忙しく、領地の訴えは聞き入れられませんで……こうして領主様が迅速に指示を出してくださるだけでも助かっておりますよ」

「貴族とは、そのようなものなのか？」

「まあ、西辺領はどこも似たようなものでしょう。クイン領だけは——」

言いかけて、出迎えの無礼を思いだしたのか執事は口をつぐんだ。しかし言いたいことはわかる。クイン領だけは領主がよく領地を治め、栄えていると言いたいのだ。

ブレンダンたちを権力闘争に忙しくさせたのはピエトロにも一因がある。その裏でこんなことが起きているなんて考えてもみなかった。

『あなたは変わらなければならないのです。自分を変えずに目を逸《そ》らしていても、何も解決しない！』

テオドシーネの声がよみがえる。以前のピエトロなら耳障りな忠告に顔をしかめたことだろう。あのときも逆上してテオドシーネに手をあげた。

いまのピエトロは、小さくため息をついただけだった。


夕暮れまで役人へ対応し、そろそろ休憩にするかとのびをしたところで、マリリンが執務室へ入ってきた。手には書類を持っている。

「どうした？」

「ピエトロ様、なんとなく……おかしいような気がして」

ピエトロとともにマッキンタイアから厳しい教えを受けたマリリンも、多少は報告書が読めるようになっている。

マリリンは執務机に数枚の書類を置いた。過去一年のブレンダン家の収支をまとめたもので、伯爵家としては平均的な収入と支出ではある――と考えかけて、ピエトロはふと顔をあげる。疑問に答えるようにマリリンが小首をかしげた。

「ジェイネス様がわたしにくださった宝石やドレスのことが書いていないのです」

「俺が手配させた宴《うたげ》の代金もだな」

むしろブレンダン領には、そんな金を使えば即赤字に転落してしまいそうな収入しかない。騙《だま》しとっていた報奨金をあわせてもそうだ。ピエトロにもたらされる役人からの報告や相談を鑑《かんが》みても、あれだけの羽振りのよさは疑問が残る。

仕事を進めなければとばかり考えていたピエトロは、数字を見て違和感を覚えてはいてもそこに気づけなかった。

「よくこれを見つけてくれた」

「わたしも少しくらい贅沢《ぜいたく》ができるのかなって気になって……いえ、なんでも」

マリリンがぱっと口元を押さえる。

こぼれた本音を深追いするのはやめて、ピエトロはもう一度「手柄だ」と褒める言葉を口にした。

自分たちの過去を思えば、気づいた不一致を放置せず、わざわざピエトロに伝えにくるだけで進歩というもの。

「領地が安定すれば、少しくらいの贅沢は許されるだろう」

分相応ならばという但《ただ》し書きがつくが、そのくらいはマリリンも理解している。

「わかりました。がんばります！」

「――……」

まっすぐに目を見つめて宣言され、ピエトロは思わず瞬《まばた》きをした。これまでのマリリンは、どう見られるかを計算して笑っていたと思う。艶然《えんぜん》と、流し目を使い、もしくは媚《こ》びるように上目遣いに。

こんなふうに屈託なく笑うこともあるのかと驚いたのだ。

「どうしたのですか、ピエトロ様？」

マリリン自身も気づいていないのだろう。努力が小さな成功に結びつき、その先を見たいと願う気持ちが、さらなる努力を呼ぼうとしている。

「いや――そうだな、がんばろう」

応える自分も笑顔を見せていることに、ピエトロも気づいてはいなかった。

◇

ブレンダン家の支出があやしいことをテオドシーネに知らせると、すぐに返事がきた。クイン領の経営を補佐するようになったテオドシーネは、移譲された領地の経済状況や旧ブレンダン領との取引額からすでに疑念を抱いていたという。

(俺たちが思いつくことくらい、テオドシーネも気づくということか)

一瞬そんな考えたがよぎったものの、卑屈になるなと己を励ます程度にはピエトロも成長している。

テオドシーネの手紙には、知らせてくれてありがたいという感謝の言葉と、資料を見たいので近く屋敷を訪ねさせてほしいという旨が書いてあった。いまのところ結界に動きはないが、次の調査の打ちあわせもしたいのだろう。

(あいつは、こんなに美しい字を書くのか)

時候の挨拶から結びの言葉まで、手紙は手習いの見本のように完璧《かんぺき》だった。内容もわかりやすく、ピエトロの近況を尋ね、訪問について特別な準備はいらないと気遣いも見せている。

王太子だったころ、テオドシーネがピエトロの代理として書類をまとめたり、外国語の書状を訳したりしたことがあった。そのときにはそんなふうには思わなかった。気づいていなかったのだ。

手紙をかざし、ピエトロは目を細めた。

まるでその向こうにテオドシーネを見ようとするかのように。


硬いノックの音が、よぎりかけたピエトロの感慨を破った。

「旦那《だんな》様に会いたいとおっしゃる方が――ミーア領、ウィルマ領を中心に活動する商人だそうです」

ドアの向こうから届く声に「入れ」と応えると、銀の盆に名刺を載せてメルクが入ってきた。

名刺には見知らぬ商会の名が書いてある。

「若い男です。身なりはよろしいですが……ネルデコス地区で新商品を開発したいと言っています。お会いになりますか？」

わずかにさがった口角や声色から、反対する本音が透けて見えた。領主が変わり、経営が軌道にのりつつあるいま、山師のような男に会ってほしくないのだ。

しかし会わずに追い返すことは避けたい。領地を発展させる可能性があるのなら、その新商品とやらを検討する価値はあるだろう。

「会おう。マリリンも呼んでくれ」

ミーア領なら、マリリンがわかるかもしれない。

「かしこまりました」

ピエトロの命にメルクは頭をさげた。生真面目《きまじめ》な執事にもピエトロの心は伝わった。それが領地にとって益のない提案なら主人は退けるはずだ。そんな信頼を、メルクもピエトロに感じ始めている。

数分もたたないうちに、再度ドアがノックされた。メルクがドアを開け、男を部屋に招き入れる。視線を向け、思わずあげそうになった声をピエトロは押し殺した。

「ピエトロ様がお呼びだって聞いて……」

続けて入ってきたマリリンも、男の顔を見て絶句した。

「初めまして、ジェンと申します」

名刺どおりの名を告げても、それが偽名だということはすぐにわかる。

一時期は毎日聞いていた、耳になじんだ声。目上の者におもねる薄笑いを浮かべて立っているのは、ジェイネス・ブレンダン。

王都から追放され、行方《ゆくえ》のわからなくなっていた、ピエトロの元取り巻き。

ジェイネスは王都で暮らしていた。父親のブレンダンも領地に寄りつかなくなっていた状況で、メルクはジェイネスの顔を知らない。商人としてはよい身なりだと感じても、まさか伯爵令息が身分を偽って追いだされた領地に戻ってくるとは想像できなかった。

「お人払いをお願いします。これは大切な新商品なので、アイディアを盗まれては困りますから」

小馬鹿《ばか》にしたような物言いにメルクが眉を寄せる。下手に出ているようで目つきは鋭い。厭な笑みだとピエトロも思う。それでも、ジェイネスを帰すわけにはいかない。

「メルク、すまないが出ていてくれ」

不安げな視線を向けるメルクに頷いてみせ、ピエトロは自らドアを閉めた。メルクの気配が立ち去るのを確かめ、大きく息をつく。マリリンも止めていた息をほっと漏らした。

「何をしにきた、ジェイネス」

「もちろん、儲《もう》け話を持ってきたのですよ」

にんまりと笑うジェイネスの表情は、見慣れたものだった。ピエトロに世辞を言うとき、マリリンと初めて会わせたとき、ピエトロの無茶な要望に応えてみせたとき。ジェイネスはこうして自分の手柄を誇示するように笑った。しかしこれほどにすさんだ笑みだっただろうか。

「儲け話……それは、青い花のことか？」

静かに問うピエトロに、ジェイネスは片眉をあげた。

「やはり気づいていましたか。俺も父上も、動き方が悪かったですからね」

マリリンが自分を庇《かば》うように両手で抱きしめる。ジェイネスに言われたマリリンは、青い花でピエトロの感情を高ぶらせた。効果のほどはわかっている。

「青い花は、ブレンダン領のどこかにあるのだな」

はっきりと口にしたわけではないが、シエルフィリードとテオドシーネは、禁制品がレデリア国内で栽培されているという疑いを持っている。そのための調査だ。

「そうです。俺はありかを知っています。だが、追放された身では金がない。協力者が必要だ」

悪びれたふうもなく、ジェイネスは肩をすくめた。

「父上がもう少し早く教えてくだされば、こんなことにはならなかったのに」

ピエトロの耳に〝変人公爵〟の噂《うわさ》を入れたのはジェイネスだ。そのときのジェイネスは、クイン家の手柄を横取りしていることも、幻覚草の栽培のことも知らず、ただ公爵という地位にありながら西辺領主たちから蔑《さげす》まれているシエルフィリードのことを、面白おかしく伝えただけ。

その男に婚約破棄したテオドシーネを嫁がせようとピエトロは考えつき――結果的に、長く王都から隠されていた西辺領の問題が明らかになった。

ジェイネスから話を聞いたブレンダンは顔面蒼白《そうはく》になり、息子の不始末を詰《なじ》ったというが、ジェイネスからしてみれば反省の気持ちは起こらなかった。自分が懸命にピエトロのご機嫌をとっているときに父親は甘い汁を吸っていたのだから。

「父上は牢《ろう》に入りました。ぼくは貴族籍を失った。けれどかまうことはありません。〝青い花〟があれば金は稼げる。ヴァルトンへ行ってまた貴族籍を買うことも、王女を誑《たぶら》かすことも――」

我に返った顔になり、ジェイネスは口をつぐんだ。けれどもすぐに口元をゆるめ、くつくつと笑い声を立てる。

そんなジェイネスの様子に、ピエトロの眉間《みけん》に深い皺《しわ》が刻まれる。

「お前たち、俺を傀儡《かいらい》にしようとしていたな？」

いまジェイネスが口を滑らせたことで確信した。ブレンダン伯爵は、ピエトロを操り、国をも手に入れようとしていたのだろう。ジェイネスの言うとおり、息子にすら計画の全容を伝えなかったのが失敗の原因といえる。

ジェイネスは一瞬視線を逸らしたが、すぐにピエトロに向き直った。

「ええ、そのとおりですよ。いまだって、あなたに言うことを聞かせるくらい容易《たやす》いと思っています」

ジェイネスの手がジャケットの内側に滑り込む。

「！」

ピエトロが身を引くのより早く、鼻先に青い花が押しつけられた。ねっとりと甘い蜜《みつ》の香りとともに、眩暈《めまい》のような、視界の揺れる感覚。逃げようとしても体が動かない。むしろ吸いよせられるように青い花に顔を寄せてしまう。

それは隣のマリリンも同じらしい。

怯《おび》えの色がよぎった目は、いまはどんよりと濁っている。

「はは、最初からこうすればよかったんだ。でもまだ遅くはない。父上の後任があなたでよかった。

――さあ、行きますよ、王太子殿下、マリリン妃」

求めていた呼び名に、呆然《ぼうぜん》としていたピエトロとマリリンの肩がぴくりと揺れる。

「……妃？　わたし、妃《きさき》になれるの？」

「ああ……そうだ、俺は王太子だ。俺をコケにしたやつらに、罰を与えてやる……」

「そうですとも。お手伝いしますよ。青い花が手に入ればなんでもできるんだ」

虚《うつ》ろな、けれども欲望を含んだ視線を自分へ向ける二人に、ジェイネスは満足げに頷いた。

ジェイネスを追い返すどころか、馬車を出せと言うピエトロにメルクは訝《いぶか》しげな視線を向けたが、逆らうことはしなかった。信頼を寄せつつあるとはいえ、意見できるような関係にはまだない。ジェイネスが自ら手綱をとり、小さな馬車が屋敷から出ていくのを、心配そうに見送るだけだった。

馬車はすぐに家屋のある地域を抜けて、森へ入った。舗装もないくねる道を、ジェイネスは悠々と馬を進めていく。

王都にいたころのピエトロは、伯爵令息のくせに御者の真似《まね》ができるジェイネスを面白がって遊びに連れまわしていた。だがわざわざ嫡男に馬のさばき方を教えたのは、ブレンダン伯爵家にはそれだけ他人には知られたくない移動や積み荷があったからだ。

道の悪さに姿勢を崩すマリリンを抱きとめてやりながら、まとまらない思考にピエトロは顔をしかめた。

(知られたくない積み荷……なんだ？　俺はその答えを知っているのに……)

押しつけられた蜜の香りが考えの邪魔をする。甘い残り香が、心地よいことだけを望めと囁《ささや》きかける。面倒な、難しいことは放っておいて、欲望のままに生きればよいと。

(そうだ……ジェイネスに手を貸せば、金が手に入る。もとの暮らしに戻れるんだ。辺境であくせく働くこともない)

頭に鈍い痛みを覚えて、ピエトロはきつく眉根《まゆね》を寄せた。見れば腕の中のマリリンも、何かに抗《あらが》うように目を閉じ、首を横に振っている。

突然馬車が止まり、マリリンごと床に投げ出されそうになってピエトロは足に力を込めた。窓から外を見れば、グリーベル山脈のふもと、林の深くまで入ったようだ。道の両わきは樹々に覆われて、先を見通すことも難しい。

「なんだ？」というジェイネスの声が聞こえた。しばらくして、馬車の扉が外側から開く。

「妙なものがあって馬が怯えてしまいました」

馬車を降りて確かめれば、道の端に長い棒のようなものが立てられている。先端には魔石と、魔法陣を象《かたど》ったと思われる透かし細工。馬が怯えたのは、魔力を感じとったせいだろう。

誰《だれ》かがそれを仕掛けたのだ。そのことはわかるのに、誰だったかが思いだせない。蔑んでいたような、羨《うらや》んでいたような覚えがある。

「ここからは歩いていきましょう。どうせ道が狭くなって、馬車は入れない」

考え込むピエトロを気にした様子もなく、ジェイネスはさっさと歩いていく。そのあとをマリリンが続いた。装飾の少ないドレスとはいえ、ふくらんだスカートは森を歩くには向いていない。だが、幻覚草の効果で、ジェイネスの言葉に従順に従うようになっている。

ピエトロも歩きだした。しかし腹の奥から湧《わ》きあがるような苛立《いらだ》ちは抑えきれない。

数歩進み、振り向く。

「雷よ、我に力を――」

バチリと音がして、ピエトロの手から放たれた雷は魔石を砕いた。焦げた欠片《かけら》が土に落ちる。繊細な細工も、木でできていた柄の部分も雷の威力に消し炭と化した。

「……フン」

それを横目で見つつ、ピエトロも森の奥へと向かった。

馬車を置いてさらに一時間ほど進んだころ、林が途切れた。足元が土から岩肌に変わり、植生も変化する。背の高い樹々はなくなり、茂みや岩肌にのびる蔦《つた》があたりを覆うようになった。

「こちらへ」

巨大な岩壁を示し、ジェイネスが手招きする。頭上から垂れさがる蔦を持ちあげると、奥に裂け目がある。洞窟《どうくつ》になっているらしい。

（これではあいつらも見つけられないはず――）

感心しかけて、またふと気づく。

（誰だ、あいつらとは）

「ピエトロ殿下。ピエトロ殿下！」

肩を揺すられ、顔をあげたピエトロの眼前に、青い花がさしだされた。指先ほどの小さな花がいくつかあるだけなのに、そうとは思えないほど強い香りを放っている。

また、ぐらりと頭の中が揺れた。

「贅沢に暮らしたいでしょう？　いまのような生活は嫌でしょう？　なら協力してください」

ジェイネスの声が甘い香りとともに体の内に流れ込んでくる。有無を言わさず思考が塗り潰《つぶ》されていく。

「効きが悪いのかな。もしかして、粉末を飲ませ続けた場合には耐性が……？」

ぶつぶつと呟《つぶや》くジェイネスの言葉の意味も考えられない。

「さあ、早く入りますよ」

されるがままに、腕をつかまれたときだった。

地響きが走り、ジェイネスの手が離れる。急にあたりが暗くなった。そう思うなり、ぼたり、とジェイネスの頭にしずくが垂れる。

「――……？」

動きを止めたジェイネスが不思議そうな顔でしずくを拭《ぬぐ》う。強い粘性を持つらしいそれは、髪や拭った手に絡み、顔の半分を覆いながらつたい落ちた。

それがなんなのか、予想はついている。けれども考えることを頭が拒否している。青い花のせいではなく、ただ現実を見たくないという理由で。

「ギュウウウゥ……」という金属質な威嚇音が響き、視界の隅で赤黒い鱗《うろこ》をまとう尾がうねるのを見ても、ピエトロとジェイネスは体を動かせなかった。

その硬直を破ったのは、マリリンの叫びだ。

「きゃあああああああ！！！」

あまりの恐怖に幻覚の効果が消えたのだろう、マリリンは宙を仰ぎ、目を見開いて絶叫する。

「いやあああ！！！　なにこれええええ！！！」

見上げる先には成体の赤炎竜《ルビコニアス》。屋敷ほどもある赤竜は、以前にシエルフィリードが倒したものよりもさらに二回りは大きい。悲鳴をあげ続けるマリリンに、赤竜はじろりと視線を向けた。

「ッ、危ない！」

咄嗟《とっさ》にマリリンを庇い、ピエトロは地面に倒れ込んだ。頭をさげたすれすれのところをドラゴンの牙《きば》がかすめていく。

岩肌に打ちつけた腕が痛むが、休んでいる暇はない。赤竜は不機嫌そうに唸《うな》りをあげ――けれども、急に興味を失ったように周囲を見まわした。

「ギュ……」

赤竜が目を留めたのは、あいかわらず突っ立ったままのジェイネス。その手には、ピエトロに幻覚を見せようとした青い花がある。

（魔力――）

靄《もや》がかかったようになっていた思考が動きだす。魔物たちは、魔力を見る。ピエトロやマリリンには、幻覚草の魔力が付着していた。しかし心を乱していた魔力は恐怖によって払われ、二人は正気を取り戻した。この場で最も魔力を持つのは、ジェイネスの青い花――。

「うっ、うわあああ!!」

「バカッ、花を捨てろ！」

幻覚草を手にしたまま駆けだそうとするジェイネスの背に、赤竜の爪《つめ》が迫った。

「ぎゃあっ!!」

突き飛ばされたジェイネスの体が岩壁にぶつかってずるずると倒れる。意思のない人形のような動きにピエトロの背すじを恐怖が這《は》いあがった。

マリリンも気を失い、倒れたまま動かない。

赤竜は横たわるジェイネスの体を鉤爪《かぎつめ》でつかんだ。青い花の魔力で、ジェイネスはうまそうな獲物に見えるのだろう。口吻《こうふん》が開き、二重に列をなした牙が見える。

考える前に、体が動いた。

咥内《こうない》を狙《ねら》って、雷魔法を放つ。バチバチと音を立てた火花が鱗に覆われていない舌を焼く。

なぜこんなことをしているのか自分でもわからない。ジェイネスを囮《おとり》にすればピエトロとマリリンは逃げられたかもしれない。

それでも、見捨てておけなかった。

「ギュアッ！」

鳴き声をあげ、赤竜はジェイネスを放りだした。ピエトロを振り向き、甲高い威嚇音をあげる。

何度も食事を邪魔した相手を、赤竜は敵だと見定めたようだ。翼を大きく広げ、怒りに赤く燃える眼がピエトロを睨《にら》む。

（林のほうへ逃げ込んで——そうすれば姿が隠せる——マリリンやジェイネスからも赤竜を離せる）

紅玉のような眼を睨み返しながら、ピエトロは後ずさりした。両手には雷の魔力を帯びている。赤竜が近づけばまた叩《たた》き込んでやるため、それに、赤竜の注意を自分に引きつけておくため。

隙《すき》を見て、走りだすつもりだった。

だが、怒りに身構えた赤竜の跳躍は、ピエトロの想像よりもずっと速く。

体が動くより先に、鉤爪が突風のごとく迫っていた。

（あ——）

もはや悲鳴をあげる猶予もない。

視界に広がる赤銅の鱗。鉤爪は黒々と照っている。その爪に重なるように、絶望した己の顔が浮かんだ。

走馬灯にしてはおかしな光景だ。おまけに痛みも何もない。

「氷よ——‼」

何事かと考える暇もなく、聞き覚えのある声が赤竜の唸りを遮った。

肉を引き裂こうとしていた鉤爪は、空中で動きを止めていた。ピエトロの前に巨大な氷の柱が出現している。絶望の表情を映していたのは氷の煌《きら》めきだったのだ。

「ギュアアアアア‼」

次々と現れる邪魔者に怒りの絶叫をあげ、赤竜は闖入者《ちんにゅうしゃ》に向きあった。

ピエトロも頭をあげ——、

(馬？？？？)

赤竜よりも高い位置に、栗色《くりいろ》の毛並みが見えた。それが胴体の腹側だと気づくのには数秒を要した。

なぜだかやけに大きく見える、おまけに宙に浮かぶ、馬。跨《また》るのは、白銀の鎧《よろい》をまとう騎士。あれも魔物か、と思いかけるものの、いつのまにか地上に控える騎士がキラキラとしたまなざしを向けている。

「うおおおシエルフィリード様‼　シエルフィリード様ああ‼」と歓声をあげているので魔物ではないらしい。

しかし白銀の騎士は、自分の知るシエルフィリードの三倍はある。

(わけが、わからん)

ほかの二人と同じように意識を手放してしまいたくなったピエトロだった。

◆・◆・◆

ゼピュロスから飛び降りたシエルフィリードが大剣を振りかぶるのが、冬の透き通った空気の中、テオドシーネの目にはっきりと見えた。

主《あるじ》の離れたゼピュロスは、心得たとばかりに氷の道をくだり、別の場所に着地する。

赤炎竜《ルビコニアス》は大地を震わせる金属音をまき散らし、シエルフィリードを迎え撃った。赤銅の鱗は灼《や》けて真《ま》っ赤《か》に染まり、開いた口からは火焔《かえん》が漏れる。襲いかかる焔柱《えんちゅう》を大剣で防ぎ、シエルフィリードは氷塊を撃ち込む。切っ先鋭い氷塊は赤竜の鱗を破壊しながら弾《はじ》け、巨大な体がよろめいた。

戦闘員ではないテオドシーネは、茂みの深くなったところに身を隠す形で結界魔道具に守られている。乗馬服の上に鎧を着込むのはさすがに力が足りなかったので、胸元にプレートをつけただけだ。

以前の戦いを思いだすなら、シエルフィリードの圧勝に終わるはずだが——。

「ギュオオオォォォンンン!!」

身を沈めて翼を広げ、赤竜は威嚇の姿勢を崩さない。シエルフィリードの魔力を感じてもなお、逃げようとしないのだ。

赤竜の足元ではロドリオら騎士団がマリリンやジェイネスを救出する隙を狙っている。意識を失った彼らを、赤竜は獲物だと認識しているらしく、近づいた騎士を長い尾で跳ね飛ばした。シエルフィリードが氷で攻撃の一部を受けとめて大怪我にはならなかったようだが、周囲に気を配り、大量の魔力を消費しなくてはならない状況は、シエルフィリードにとってよいとはいえない。

戦闘は、救助という使命が加わった途端に行動が制限され、難易度は格段にあがる。

「ロドリオ！」

シエルフィリードが叫び、赤竜に斬りかかった。氷の刃が灼銅《しゃくどう》の炎を霧散させる。引くと見せかけて空中で体を反転、大剣を横になぐ。空気を揺るがす剣音とともに赤竜の角が砕け、首がぐらりと傾いた。

「ギュ……！」

赤竜の懐へ入り込んだロドリオがマリリンを担ぎあげ、攻撃圏外へと抜ける。ジェイネスのほうも、シエルフィリードが氷の壁で周囲を覆い、ひとまずの安全は確保された。

赤竜はさらなる怒りの声をあげ、氷を砕こうというのか何度も尾を叩きつける。ジェイネスを守るためには、氷魔法を使い続けなければならない。

(シェル様の魔力消費が激しいわ)

苦しげな表情をしているのではないかとテオドシーネは目を凝らした。けれど、兜《かぶと》に隠されたシエルフィリードの表情はわからない。

そのかわり、テオドシーネはある変化に気づいた。

(――あら……？)

シエルフィリードの体格が、縮んでいる。

正確には、氷魔法で拡大されていない、いつものサイズに戻っているのだ。

騎士団長として強くあらねばならないと考えているシエルフィリードは、周囲に氷の粒を散開させることによって屈折を起こし体を実際よりも大きく見せている。その氷魔法を、戦闘に集中するため無意識に解除したらしい。

（だ、大丈夫かしら⁉）

対峙《たいじ》する赤竜が巨大であるため、それほど目立たない変化ではあるが……。

「おい」

「はいっ⁉」

間近で低い声が聞こえ、テオドシーネは驚きの声をあげた。いつのまにかピエトロが隣にいる。マリリンやジェイネス以上に裂けた服、汚れにまみれた髪や顔は、彼がただ巻き込まれたのではなく戦おうとしたことを示している。

テオドシーネのそばにずるずると屈《かが》み込むと、ピエトロは土だらけの頭をかきむしった。

「ジェイネスは青い花を持っている。あの近くで青い花を栽培しているらしい……赤竜の狙いはそれだろう。俺やマリリンに興味はなさそうだった」

「そう言われれば……マリリンのほうは追いませんね」

ロドリオに奪われたから諦めたのかと考えていたが、ピエトロの話ではあの赤竜はもとからジェイネスに執心しているようだ。

（南下するはずの赤竜……時期外れの雛《ひな》……それも、寒さが増してからまた生まれた――原因が青い花だとしたら……）

何かが頭の奥でつながりそうだ。それをたぐりよせようとするテオドシーネの耳に、鈍い音が届いた。

見れば、赤竜の牙が騎士団の部隊を襲っている。高位の魔物としてそれなりの知能を持つ赤竜は、シエルフィリードではなく周囲を蹴散《けち》らしたほうが早いと判断したようだ。

魔鉱鎧をまとった騎士たちは火焔にもある程度は耐えられる。突っ込んできた顔面をめがけて氷結魔砲を撃ち込み、善戦している。

だが、単騎で戦えるシエルフィリードに比べれば、動きは精彩を欠くとしかいえない。

「あ……！」

テオドシーネは思わず声をあげた。赤竜の振りあげた尾が魔砲を叩き潰したのだ。魔力により強化された尾は鱗が棘《とげ》状に変化し、炎に包まれている。そのままぐるりと体を回転させ、赤竜は尾で騎士団をなぎ倒していく。

焦ったのはテオドシーネだけではなかった。

これまで氷で作った足場に留《とど》まっていたシエルフィリードが地上に降りる。避けきれない騎士を庇い、大剣を盾に割り込んだ。

大剣と尾。金属の擦れあう耳障りな音が空気を震わせる。

無理な体勢にシエルフィリードが重心を崩し、大剣を取り落とす。すばやく旋回した赤銅の尾が雷《イカヅチ》のように落ちる――シエルフィリードの脳天へ。

割れた兜が弾け飛んだ。

「シェル様!!」

よろめいた足を踏みしめ、シエルフィリードは体勢を立て直す。兜は割れたものの、シエルフィリード本人へのダメージは多くはないらしい。

結界から駆けだしそうになった足を止め、テオドシーネは安堵《あんど》の息を吐いた――瞬間に、吸った。

「ヒュッ」と喉《のど》が鳴る。

赤竜の一撃は、兜だけでなく、その下のかぶりものにまで及んでいた。破れたかぶりものの残骸《ざんがい》がシエルフィリードの首元にわだかまっている。

(すっ、素顔っ！　素顔が出ています、シェル様！)

兜とかぶりもので二重に押さえつけられていたというのに、重力を感じさせないかのようにふわりと先端のカールした銀髪。悔しげにひそめられた眉《まゆ》。赤竜を見上げる瞳――すっきりと通った鼻すじに、上気した頬《ほお》と薄薔薇《うすばら》色の唇。

絶世の美貌が、冬晴れの陽光の下に晒《さら》されていた。

(これは、世界の時間が停止してしまう――――！)

「大丈夫ですか、シエルフィリード様!!」

「ああ、問題ない。皆も大丈夫か？」

「軽傷です！　我々のことはお気遣いなく！」

（……あら？）

テオドシーネは目を瞬かせた。

予想していたような混乱はない。シエルフィリードはあいかわらず赤竜と睨みあっているし、ロドリオ以下騎士団の面々も油断なく次の攻撃に備えている。

（あの美貌を見て無反応《ノーリアクション》……!?）

ちなみに隣ではトラウマを呼び起こされたピエトロが顔を青ざめさせている。そのぐらいシエルフィリードの素顔というのは衝撃を与えるもののはずだが、

「赤竜の注意が逸れています。一度あの坊ちゃんを避難させてはどうでしょう。そのほうがシエルフィリード様も魔法が使いやすいのでは？」

「そうだな。ではぼくが陽動役になる。赤竜を引きつけてから氷魔法を解く」

「お任せください！」

ロドリオはシエルフィリードと並び、作戦の相談をしている。

シエルフィリードの懸念は杞憂《きゆう》だったのだ。ひとまずは、赤竜だけに集中すればいいらしい。

（ドラゴンのかぶりものはしなくてもよかったのね）

そう考えて、テオドシーネは先ほどよぎった閃《ひらめ》きを思いだした。

「そうだわ、あの赤竜は……！」

「おいっ！　どこへ行く!?」

走りだしたテオドシーネをピエトロが呼ぶ。テオドシーネは振り向かず、林へと駆けた。

乗馬服だったのが幸いした。貴婦人にははしたないとされる足の形がわかるズボンだけれども、機能性は抜群だ。

いななきが聞こえて、テオドシーネは振り返った。草を分け入り、ノトスが歩いてくる。テオドシーネの隣までくると、もう一度「ブルルル」と鼻を鳴らした。

「乗せてくれるの？」

ノトスは穏やかな瞳でテオドシーネを見た。首を上下に振ったのは、頷いてくれたのだろう。

「ありがとう」

首の付け根を叩き、テオドシーネは鞍《くら》によじ登る。

「よし、行きましょう。私たちも、シェル様のお役に立てるかもしれないわ」

調査のために下準備をしていたのが役立った。結界を張った箇所、山道、そして赤竜の雛を埋めた場所も、このあたりの地理は頭に入っている。

ノトスの首にしがみついて身を伏せ、テオドシーネは呟いた。

激しい剣音にジェイネスは意識を取り戻した。目を開こうとして、何かが右目を覆っていることに気づく。拭ってみれば、ぱらぱらと粉状になって赤黒いものが落ちる。指先にのせると溶けて垂れるそれは――。

血だ、と認識した途端に耳をつんざくような叫びが響いた。

視界が悪いのは怪我のせいだけではない。ジェイネス自身が、氷でできた箱のようなものの中に閉じ込められているからだ。

その向こうには、巨大な赤炎竜《ルビコニアス》――と、騎士団と、美貌の騎士。

「⁉　……！？！？」

多すぎる情報量に混乱するうちに、赤竜の尾が唸りをあげて氷の壁に叩きつけられた。

「ぎゃああああああ‼」

砕けた氷はすぐに修復され厚みを取り戻すものの、それを見届けることなく、ジェイネスはふたたび意識を失った。


起きたかと思えば叫んでまた気絶したジェイネスに、ロドリオは舌打ちをした。

先にジェイネスを確保しようという作戦は失敗に終わった。ロドリオがジェイネスに近づいた途端、赤竜もそれを阻もうと身をひるがえしたのだった。

「さすがに魔力が切れそうだ」

あがった息でシエルフィリードは言う。ロドリオのほうも、鎧の一部が欠け、荒い息をついているが、闘志は失っていない。

「しかしそれはあの赤竜も同じですよね？　普通、魔物は勝てそうにない相手には逃げだすものです。こんなに魔力を使って餌《えさ》を食っていたら割にあわない」

「ああ、きっと餌じゃない。何か理由が――」

言いかけて、シエルフィリードの言葉が途切れた。テオドシーネが導いたのと同じ答えに、シエルフィリードもいまたどりついたのだ。

「そうか……あの赤竜は」

「え？」

目の前では赤竜が魔力をため始めた。全身の鱗が赤く輝き、二重の牙から火焔が噴きだす。赤竜にとっても魔力を大量に消費する攻撃のはずだ。

(ぼくの考えが正しいとしたら、これ以上戦うべきではない)

ロドリオの言うとおりだ。この寒空の中、ちっぽけな餌を食べるために赤竜がここまで戦うはずがない。魔物にとって魔力は命の源。いたずらに使うものではない。

「待て!!」

「シエルフィリード様!?」

防御もせずに前に出たシエルフィリードにロドリオが目を丸くする。

ドラゴンを相手に話をして通じるわけがない。

それでもシエルフィリードは大剣を地面に突き立て、手を放した。

「戦いはやめだ！　武器も捨てる!!」

「シエルフィリード様!!」

慌てたロドリオが剣をかまえて割って入る。赤竜は鱗を逆立て、口を大きく開いた。周囲の空気が熱く揺らぐ。喉の奥には渦巻く火焔が――。

「待って!!」

目を見開くロドリオの視界に、さらにもう一つの影が飛び込んできた。

白馬を駆り、まとめた髪をなびかせるのは、テオドシーネ。危険だ、とロドリオは駆けよろうとする。だが、テオドシーネに怯えはない。相次ぐ領主夫妻の無謀な行動に、ようやくロドリオにも何かあるのだと理解できた。

赤竜の眼が見開かれる。

ノトスに跨ったまま、テオドシーネは両手を大きく前へさしだした。

「あなたの……さがしていたのは、この子たちでしょう？」

「……ギュオ……」

赤竜が口吻を閉じた。炎がふっとかき消え、燃え盛っていた鱗も色を戻していく。赤い眼が動いてテオドシーネの掲げるものを見つめた。

ピンク色の塊が、なにやらもぞもぞと動いている。

そう思うなり、それらは空中へと大ジャンプを披露した。

「ジャッ！」

「ジャジャッ！」

「ギュウウゥ……」

首を伏せた赤竜の顔に、四本の足を踏んばるピンクのトカゲが張りつく。その様子に、ロドリオも「あっ」と声をあげた。

「あのときの！　赤炎竜《ルビコニアス》の雛、ですか」

ロドリオの言葉に、シエルフィリードもほっとした顔で頷いた。

「テオ、連れてきてくれたんだね」

「はい。この子たちに会ったとき、ドラゴンの頭をしたシエルフィリード様になついていましたよね」

赤炎竜《ルビコニアス》は子育てをしない、というのが通説だ。けれど、そうだとしたら雛たちが自分より大きな体のドラゴンに怯える様子もなく近づいたのは不思議だ。

早冬に見かけた、羊ほどの大きさの雛。あの程度になるまでは、ドラゴンも子育てをするのではないだろうか？

テオドシーネが気づいたのはそのことだった。

「ノトスががんばってくれました。まにあってよかった」

テオドシーネ一人の足ではこれほど早く戻ってこられなかったはずだ。首すじを撫《な》でると、ノトスは誇らしげに鼻を鳴らした。

赤竜はすっかりおとなしくなり、雛が自分の角でたわむれるのを許している。もうドラゴンのかぶりものはしていないのに、シエルフィリードが近づくと雛たちは「ジャジャッ！」と陽気な声をあげた。

「君も大事なものを守ろうとしていたんだね」

赤竜を見、シエルフィリードが目を細める。

テオドシーネはノトスから降りてジェイネスが倒れている場所に向かった。シエルフィリードは魔法を解いて、氷の壁はもうない。

ジェイネスが握りしめる青い花をそっと手から抜きとり、テオドシーネはそれを赤竜の親子にさしだした。

「これは、雛たちのおやつに」

「ギュウゥ」

赤竜は器用に嘴《くちばし》を使い、花を受けとる。

「ジャッ、ジャッ！」

「巣はここにあったのでしょう。卵が孵《かえ》ったことに気づいて、迎えにきたのね」

魔物は魔力に敏感だ。もしかしたら赤竜は、離れた場所でも孵化《ふか》を感じとれるのかもしれない。

自分とともに暖かい地方へ連れてゆき、餌を食べさせなければ、雛は死んでしまう。だからあれほど必死にシエルフィリードと戦ったのだ。

後ずさりした赤竜は、翼を広げた。吹きつける突風に思わず目を閉じ、開いたときには巨大な赤い影は悠々と空を飛び去っていくところだった。

シエルフィリードがテオドシーネの隣にやってくる。

「ピエトロ殿下が教えてくださいました。あの花は、岩壁の向こうに隠されているようだと。このあたりは魔力が多くなっているのかもしれません」

「そうか、〝返り咲き〟だね」

返り咲きとは、植物が本来とは異なる時期に咲いてしまう現象だ。穏やかな陽気に誘われて春の花が冬に花開いてしまうように、豊富な魔力のある土地で、春に生まれるはずの卵が秋に生まれ、冬に孵化してしまった。青い花はぼくが立ち会って回収しよう。テオはロドリオといっしょにあの三人を送ってくれる？」

倒れていたジェイネスはロドリオに救助され、担架で運ばれようとしていた。マリリンは意識を取り戻したものの、歩ける状態ではないのでやはり担架にのせられている。ピエトロはマリリンの手を握り、隣を歩いていく。

「はい。デイナ砦《とりで》ですよね？」

「そうしたほうがいいだろうね。全員に治療が必要だし……その後、ジェイネスは王都へ護送、ピエトロ殿下とマリリン嬢は事情聴取かな」

「父に早馬を出しましょう。人を派遣してくれると思います」

もしかしたらダニエル自らやってくるかもしれない、とテオドシーネは想像した。テオドシーネの婚約破棄から始まった騒動が、思いがけず解決しようとしているのだから。

◇

翌朝、デイナ砦の主賓室でテオドシーネが目覚めたときには、すでに昼近くなっていた。ベッドの隣にぬくもりはなく、シエルフィリードはほとんどの事後処理を終えてしまっていた。

青い花はひとまずデイナ砦の保管庫に移された。シエルフィリードの魔力を使って魔物除《よ》けの結界を張ったそうで、始末をどうするかはダニエルと相談するという。

青い花は、突然変異種で、黄色い花の数倍の魔力が蓄積できるのだそうだ。

「朝から魔導師を連れてもう一度昨日《きのう》の場所に行ってきた。周辺より魔力量が高いけど、もう魔物を引きつけるほどではないよ」

（シェル様、薄幸の美少年な外見だけど実際は体力オバケなのよね……）

テオドシーネはふたたび全身の筋肉痛に見舞われていた。令嬢として、戦うようには体ができていないのだから仕方がないが、シエルフィリードの妻となるからには一日じゅう馬に乗っていても平気でいられる程度の体力はつけておきたいものだと思う。

「ジェイネスも意識を取り戻して、知っていることは全部しゃべってくれた。ブレンダン家に処断がくだる直前に父親から〝青い花〟のことを聞いたらしい。追放処分になったのをいいことに独り占めしようとしたが、人を集めようにもその伝手《つて》がない」

そんなときに、ガラーマの中継所でピエトロとマリリンを見た。二人がクイン家の者たちといっしょにいるのを見て、ブレンダン領の新領主になるのだと知った。

クイン家の護衛が離れるのを待って、ジェイネスはピエトロとマリリンに接触した。

ピエトロとマリリンは青い花で操られていたが、もとから魔法素養のあったピエトロは、青い花を使われ続けるうちに耐性も身につけていたらしい。

「栽培がいつから行われていたのかはジェイネスも知らないというが――」

「おそらくは十年前、ですよね」

テオドシーネの言葉にシエルフィリードは頷いた。

ブレンダン家が勢力を強め始めたころであり、魔物の襲撃が増え始めたころでもある。その背景に共通するのは〝青い花〟――幻覚草の栽培と流通なのだろう。

青い花があることで、ブレンダン領やその周辺に魔物が増える。それをシエルフィリードに撃退させた挙句、功績を横取りしていたのだ。

「王都に戻ってブレンダンの顔じゅうをヒールで踏みつけてやりたいのですが……」

功績隠しのもう一つの理由は、魔物の増加が王都に知られた場合、調査団を派遣され青い花の存在が露見することを回避するためだ。すでに処罰が決定しているとはいえ、何重にも姑息《こそく》な男だ。

「テ、テオ、すごい顔になってるよ」

焦った表情のシエルフィリードがテオドシーネの顔を覗《のぞ》き込む。と思ったら、頭を抱きよせられた。

やさしく髪を撫でられて、ばっくんばっくんと音を立てているのはシエルフィリードではなくテオドシーネの心臓だ。

「大丈夫、ぼくは大丈夫だよ。怒ってくれてありがとうね」

（この人は……っ！　もう……っ！）

今日《きょう》のシエルフィリードは襟付きのシャツにウールのベストと軽装だ。目覚めたときには感じられなかったぬくもりを不意に与えられて、怒りはどこかへ飛んでいってしまった。

こうなったら甘えてやろうと自分からも腕をまわして抱きつくと、シエルフィリードの鼓動も速くなったような気がして、テオドシーネはふふっと息を漏らした。

シエルフィリードが大丈夫だと言うのなら大丈夫なのだろう。

その証拠に、今日のシエルフィリードは鎧を着ていないし、かぶりものをしていない。自分を抱きしめるシエルフィリードとのあいだには、鼓動を感じられるほどの隔たりしかないのだから。

「騎士団の中でも、素顔でいられるようになったのですね」

「うん……なんだか、すごく……裸で暮らしているような気分だけどね」

シエルフィリードいわく、王都にいたときは普段よりも派手な格好をしていたので、一種の仮装状態だと思い込むことができたらしい。一方で、デイナ砦にいてクイン家の騎士団と接する時間は、シエルフィリードにとっては日常なのだ。戦いの中でかぶりものを脱ぐきっかけがあってよかったと思う。

「尾の一撃を受けてから、なんだか視界が明るいとは思ってたんだけど……まさかかぶりものまでなくなっているとは気づかなくて……」

「でも、騎士団の皆さんは何も言わないのでしょう？」

「ああ。気にしていないようだ。ぼくの考えすぎだった。今後は役人たちの前でも、衝立《ついたて》はやめておこうと思う」

照れくさそうに笑うシエルフィリードに、テオドシーネもほほえみを浮かべた。

テオドシーネは知っている。

昨日、シエルフィリードの部隊と別れたあと、テオドシーネは騎士たちに取り囲まれた。神妙な顔

をしたロドリオが代表して騎士団の疑問を伝えた――つまり、

「あの薄幸の美少年は、本当にシエルフィリード様なのですか？」と。

テオドシーネが頷くと、部隊は大騒ぎになった。が、それはシエルフィリードが危惧《きぐ》していたような士気の低下をもたらすものではなく、むしろテオドシーネの予想どおり。

「鎧の中に……あの……あの方が入って……？」

「あの方が……シエルフィリード様……だよな？」

「ああ、シエルフィリード様だ……」

混乱する思考力を互いに補うように囁きあい、自分の認識が間違いではなかったことを確認する。

そして、騎士たちは、すう――――……っと深呼吸をした。

「「「最高では？？？？」」」

結論は、満場一致でそうなったらしい。割れたシエルフィリードの兜は秘《ひそ》かに回収され、欠片は戦《いくさ》場《ば》でのお守りとされているとか。

ただし、騎士として忠誠・正義・礼節を叩き込まれた彼らは、そうした態度をあからさまにはしなかった。今朝《けさ》からシエルフィリードに相対するときも、これまでと同様の態度をもって接したのだ。ぽかんと口を開けて見つめてしまう貴族よりもよほど感情に惑わされぬための訓練が行き届いている。

そうした裏事情はシエルフィリードに伝えなくともよいだろう。

テオドシーネはほほえみを深くしてシエルフィリードに寄り添った。

## エピローグ　未来に向かって

控え室のドアを開けた途端、シエルフィリードは目を見開いてびしりと固まった。そのままドアを閉めようとするものだから、テオドシーネは思わず「シェル様！」と声をあげる。

しかしテオドシーネが言うまでもなく、優秀な使用人たちは主《あるじ》の態度を許さなかった。

閉まりかけたドアをリュシーが開き、セバスチャンがシエルフィリードの背をぐいぐいと押す。そのセバスチャンはすでに滂沱《ぼうだ》の涙なので、エリーが目元にハンカチを押しつける。そのうえリュシーもエリーも目を潤ませている。なかなかに不思議な光景だ。

「ご、ごめんね」

顔を赤くしたシエルフィリードが部屋に入ってきた。今度こそ正面からテオドシーネを見つめたシエルフィリードが、ふにゃりと破顔する。

「テオが、すごく綺麗《きれい》で……どうしていいかわからなくなっちゃって」

（く……っ）

テオドシーネはこぶしを握り、シエルフィリードの無自覚なかわいらしさに耐えた。化粧が崩れてしまうので、クッションに突っ伏して叫ぶわけにはいかないのだ。

そんな苦労をわかっているのかいないのか、シエルフィリードはそっとテオドシーネの手をとると、幸せそうに笑った。

シエルフィリードは肩章つきの正装で、髪をサイドに流している。白を基調とした生地に、襟や袖《そで》のワンポイントはテオドシーネの髪色にあわせたブラウン。白手袋に包んだ手をさしだし、テオドシーネをエスコートする。一部の隙《すき》もない立ち姿によろけそうになるテオドシーネを、シエルフィリードはなんなく支えてくれた。

テオドシーネもまた、特別な仕立てのドレス姿だ。

テオドシーネのドレスは白地に銀糸で刺繍《ししゅう》が施されており、胸元は銀のレースを重ねた薔薇《ばら》で飾られている。腰でふくらみ、ややすぼまってから流れるようにふたたび広がるラインは、落ち着いたかわいらしさがある。リュシーとエリーがたくさんのデザインから見つけてきてくれたものだ。ハーフアップにまとめた髪に、プラチナとダイヤのティアラが輝く。

今日《きょう》は、シエルフィリードとテオドシーネの結婚式だ。

王宮の広間で行われる結婚式は、破格の待遇といってよい。クイン公爵家には王家の血が流れているからということもあるが、一連の事件を解決したシエルフィリードとテオドシーネへの、国王ギルベルトからの感謝の印でもある。

広間の中央には赤い絨毯《じゅうたん》がまっすぐに敷かれ、ギルベルトの待つ玉座へと続き、両側には貴族たちが並んでいる。その中には正装したピエトロとマリリンの姿もあった。

赤絨毯を歩んでくるシエルフィリードとテオドシーネを、集まった人々は感嘆のため息で迎えた。

(晩餐会《ばんさんかい》を開いておいてよかったわね)

ほとんどの貴族はすでに、ユフ侯爵家の広間でシエルフィリードを見た。だから正装のシエルフィリードを直視してもため息を漏らすくらいですんでいる。これが初見なら失神者が続出しているところだ。

貴族の最前列、玉座に最も近い位置に並ぶのは、ユフ侯爵家の面々。テオドシーネを見たヴィクトールが驚きの表情を浮かべたので、つい笑いだしてしまいそうになる。

玉座の前まで歩み、シエルフィリードとテオドシーネは一礼した。

ギルベルトが立ちあがり、頷《うなず》くと、二人は体を反転させて貴族席に顔を見せた。

「婚礼の祝福を述べる前に、皆に伝えたいことがある」

重々しいギルベルトの声が広間に響く。

「皆も知ってのとおり、ブレンダン伯爵領は、国境側の領地をクイン領へ編入し、残りを王家直轄領とした。その理由は、ブレンダン家が国境防衛について虚偽の報告を行っていたからだ」

ざわめきが広間を走った。ブレンダン家の罪状はまだ詳しく明かされていなかった。テオドシーネがクイン領へ追いやられ、かと思えばブレンダン家の没落と入れ違いにクイン公爵が王都へきた。西辺領をめぐる何かがあったのだろうとは予想されていたが。

「国境の平和をたもっていたのは、ブレンダンやそのほかの西辺領主ではない。すべてこのシエルフィリード・クイン公爵の力によるものだ。彼とクイン家騎士団は、長く西の国境を守っていた。ブレンダン家およびウィルマ家、モンドル家、ミーア家は、その手柄を横取りし、自分たちの手柄のように報告していた。のみならず、我が息子ピエトロと、当時婚約者であったテオドシーネ嬢との関係を破綻させた一因でもある」

名を出されたウィルマ男爵やモンドル男爵、ミーア男爵は、体を小さくしてうなだれた。彼らはすでにユフ家での晩餐会で泣きながら謝罪したところを見られている。

貴族たちの視線はついで、ピエトロとマリリンに向かった。二人は青ざめた顔をしながらも、うつむくことなくギルベルトを見上げている。

「ブレンダン家は、禁制品の〝幻覚草〟を使ってピエトロを操り、さらなる権力を握ろうとしていた」

驚きの囁《ささや》きが広間を覆った。

事前の打ち合わせで、青い花の栽培については伏せておくことになった。まだ全貌《ぜんぼう》の見えていない事柄を広める必要はない。禁制品を王太子に使ったというだけで、罪状は重い。

やがて驚きは納得にとってかわられた。突然台頭したブレンダンをよく思っていなかった貴族も多い。処罰に同情を寄せる者はいないようだ。

その一方で、「あの美少年に国境を守るだけの力があるのか？」という声も聞こえた。

（まあ、そうよね……）

人は見た目によらないのだが、シエルフィリードの外見は美少年として完成されすぎてしまっている。騎士団を率いて魔物と戦っていると言われても信じられないだろう。

「シエルフィリード殿」

「はい」

ギルベルトもそう思ったのか、体を傾けてシエルフィリードを呼ぶ。

「すまないが、魔法を見せてもらってもよいだろうか」

「かしこまりました。では——氷よ——」

広間の中央に向かって手をかざし、シエルフィリードが指先を動かした。

瞬く間に空中に巨大な氷の柱が現れ、「おおっ！」と列席者たちはどよめいた。

だが魔法はそれで終わりではない。

「これは……」

「夢か……？」

そんな呟《つぶや》きも当然のこと。

指揮をするようにシエルフィリードが指を振るのにあわせ、氷の両端が平たくのびた。透き通った氷が空気を凍らせて、繊細な局面へと育ってゆく。

やがて広間はしんと静まり返った。誰《だれ》もが息をするのも忘れて目の前の光景に見入る。

シエルフィリードが作りあげたのは、羽を広げ、いままさに飛び立とうとする不死鳥《フェニックス》の氷像。

「婚礼の場だから、おめでたいモチーフにしてみたんだ。どうかな」

声をひそめて尋ねられ、テオドシーネは我に返った。

「はい、すばらしいと思います」

見れば、ギルベルトも目を丸くして固まっている。広間に並ぶ貴族たちもだ。

「シェル様、氷弾や氷壁だけではなくて、氷像も作れたのですね……」

戦いの中でしか魔法を目にしてこなかったせいで知らなかった。羽毛のやわらかさ、しなやかな姿態まで表現された氷像は、シエルフィリードの造形能力だけでなく、魔力を緻密《ちみつ》に扱うことのできる証明でもある。

(そういえば、氷の道をあの速度で作りだせるし、氷弾を意のままに命中させられるのだものね)

「……これでわかったろう。クイン公爵は、わが国でも有数の魔法使いであり、騎士である」

呆然《ぼうぜん》としていたギルベルトが我に返り、参列者へ語りかける。

(さすが陛下だわ)

この場で一番驚きたいのはギルベルトだろう。魔法を見せてほしいというのは、貴族たちが納得する程度に、ということで、氷の壁でも立ててみせれば十分だった。それが、想定の十倍以上の実力を見せつけられたのだ。

すべて想定どおりだという顔をして、ギルベルトは広間の注目を自分に戻した。

「シエルフィリード・クイン公爵ならびにテオドシーネ嬢……いまはテオドシーネ・クイン公爵夫人だな。この二人が国を乱す企《たくら》みを見抜き、解決へと導いてくれた」

壇から降り、ギルベルトはシエルフィリードとテオドシーネの手をとる。

「レデリア国王として、感謝の意を示すとともに、そなたらの結婚を祝福し、末永い幸せを願う」

その笑顔は本心からのものだった。

「我々も、臣下としてレデリア王国への忠誠を誓います」

「さあ、愛の誓いを」

ギルベルトの視線を受けとめ、礼をしてから、シエルフィリードはテオドシーネへと向きあった。

「テオ」

周囲には聞こえないように小さく名を呼ばれ、テオドシーネの胸がどきりと弾む。頬《ほお》は赤く染まっているだろう。なんといっても今日のシエルフィリードはかっこいい。

テオドシーネの両手をとると、シエルフィリードはその甲に口づける。

「シエルフィリード・クインは、妻テオドシーネに、永遠の愛を誓います。……ぼくと、ともに人生を歩んでくれますか？」

(眩《まぶ》しい……っ！)

顔をあげ、にこりとほほえみかけながら問うシエルフィリードに、叫びをあげてしまいそうになるのを耐える。

シャンデリアの煌《きら》めきの下で、シエルフィリードの銀髪もきらきらと輝いている。透き通るような肌も、彫刻のような整った顔立ちも美しいのに、薄く染まった頬やあいかわらずぷるっぷるの唇が、テオドシーネにしかわからないかわいらしさをも引きだしている。

「はい」

声が震えないようにするのがせいいっぱいだった。

テオドシーネが頷くと同時に、シエルフィリードの手が頬に触れた。近づいてくる美貌《びぼう》の圧に思わ

ず目を閉じる。

唇にやわらかな感触。

次に目を開けたときには、はにかむシエルフィリードの表情が視界いっぱいに映り、テオドシーネは自分が倒れるのではないかと心配になった。察したシエルフィリードが腰を抱きよせてくれたから、余計に顔は赤くなる。

一拍置いて、広間は拍手と喝采《かっさい》に包まれた。

シエルフィリードに支えられながら、テオドシーネも広間を見渡す。

ダニエルとコレリナはセバスチャンに負けず劣らずの大号泣だ。なんとかこらえているヴィクトールも時間の問題に見える。そうして涙を拭《ふ》きながらも、三人ともこの上ない笑顔だ。

（シェル様のお父様とお母様も、きっとよろこんでくださっているわ）

クイン領に戻ったら、またあらためて挨拶《あいさつ》をしよう。家族もクイン領を訪れてくれるだろう。

照れくさそうに拍手に応えるシエルフィリードを見つめ、テオドシーネは「ふふっ」と笑い声を漏らした。

（……あのとき言ってくださったことが、本当になりましたね）

テオドシーネが封じ込めていた想《おも》いを打ち明けたとき。シエルフィリードは言った。必ずテオドシーネの能力が役立つときがくる。そして、味方も得るだろうと。

皆に祝福され、新たな門出を迎えようとしているいまは、シエルフィリードが約束してくれたとおり。

（出会えてよかった）

シエルフィリードとなら、どこまでも歩んでいける。

不意に、シエルフィリードが振り向いた。と思えば、テオドシーネの頬に、やわらかな感触が訪れる。

「君に出会えてよかった、テオ」

「～～っ!!」

蕩《とろ》けそうな笑顔で囁かれて、心臓はぎゅんと音を立てた。耳まで熱くなったのがわかる。

そんな二人の様子に、広間はふたたび喝采に沸いた。

番外編

## その一　公爵閣下のイメージチェンジ

春の日差しがテオドシーネの頬《ほお》を心地よく撫《な》でてくれる。すっかり雪もとけ、グリーベル山脈も緑に覆われようとしているところ。

窓を開き、暖かな風を感じようとして、演習場から聞こえてきた叫び声にテオドシーネは苦笑いを漏らした。

「きっ、貴様あ!?　いま本気で殴ったな!?」

「そりゃ、剣の訓練ですから当然でしょう……？」

刃を潰《つぶ》した訓練用の剣を振りあげて怒鳴っているのはピエトロ。ピエトロに不思議そうに応じているのはロドリオだ。

その隣では、シエルフィリードが複数の騎士を相手に軽やかな剣さばきを見せていた。

ふんわりと癖のある銀髪をなびかせたシエルフィリードは、春の夜の妖精《ようせい》かと見間違うような儚《はかな》さをまとっているのだが、振りおろされる剣を紙一重で避け、ふところに飛び込んで相手の腹をしたたかに打ち据える。装備越しにでも重そうな一撃だ。

腹を打たれた騎士は倒れ込みながらもすぐに起きあがり、「お願いしますッ」と挑みかかる。そのほかの騎士たちもわらわらとシエルフィリードに迫っては叩《たた》きのめされる。

「あれをやれというのか……」とピエトロが絶望の呻《うめ》きを漏らした。

ここはクイン領デイナ砦《とりで》。この数日、デイナ砦では西辺領の騎士団による合同演習が行われていた。

これまで国境および西辺領の安全はシエルフィリード率いるクイン家騎士団によって守られてきた。だがシエルフィリード頼みの防衛がよろしくないことは明白だ。今後はシエルフィリードとテオドシーネが王都に出ることも増える。ほかの領地でも、クイン家の騎士団並みの強さを持ってくれたら、ということで年に数回の合同演習を実施することになったのだった。

ちなみにピエトロだけでなく、ウィルマ男爵令息エドガー、モンドル男爵令息レオナルドなどの西辺貴族も演習には参加している。彼らはすでに起きあがれなくなっているので、かろうじてロドリオの扱《しご》きに耐えているピエトロは優秀なほうだといえる。

周囲の騎士全員を完膚なきまでに叩きのめし、額に汗をにじませたシエルフィリードが「これまで」と宣言した。

視線をめぐらせたシエルフィリードが、建物内から自分を見つめるテオドシーネに気づき、ぱあっと顔を輝かせた。

「テオ！」

笑顔で駆けよってくるシエルフィリードを、テオドシーネは淑女のほほえみをもって迎える。内心ではときめきすぎた胸が爆発寸前なのだけれども。

「あいかわらずお強いのですね。訓練はひと区切りつきましたか」

「ああ。午後は陣形の連携演習をするそうだ」

「もうすぐ視察の時間です」

「そうだった。着替えてくるよ」

テオドシーネの言葉にシエルフィリードは頷《うなず》き、手を振りながら走っていった。あれだけ運動したというのにまだ体力があるらしい。

(なんてかわいらしいの……)

頬に手をあて、テオドシーネはほうっとため息をついた。庭を跳ねまわる子犬のようだ。

しかも、シエルフィリードの魅力はただかわいらしいだけではない。

「——お待たせ、テオ」

しばらくして現れたシエルフィリードは、シンプルなグレーのジャケットに、サファイアのついたクラバットをあわせ、少しのびた髪を一つに結んでいた。テオドシーネの選んだ、落ち着いた色合いと気品のあるコーディネートは、シエルフィリードの印象を少し変える。

「どうだろう?」

「いつもより大人《おとな》びて見えますわ。シェル様のかっこよさが皆さんに伝わると思います」

力強く答えるテオドシーネに、シエルフィリードは嬉《うれ》しそうに笑う。

巨大な馬車からの姿を見せない視察は廃止され、近ごろのシエルフィリードはテオドシーネと二人で騎乗の視察をしている。そのほうが領民とも言葉を交わせるし、様子もよくわかるからだ。

想像と違ったクイン公爵の姿に領民たちは驚いたようではあったが、騎士団同様、すぐによろこびをもって受け入れた。

ただ一つだけ誤算だったのは、十六にしか見えないシエルフィリードの外見のせいで、多くの領民が「領主が隠していた姿のお披露目」ではなく、「領主が代替わりをしたお披露目」だと思い込んだことだった。

「シエルフィリード様のご子息が王都から妻を得た」ということしやかな噂《うわさ》を是正すべく、健気《けなげ》な夫は見た目の年齢と中身の年齢を釣りあわせる努力を始めたのだった。

「ぼく以外とテオが結婚するなんてありえない。噂でも嫌だ」

むっと眉根《まゆね》を寄せるシエルフィリードの悋気《りんき》に、テオドシーネはまたほうっと幸せのため息をつく。

王都で結婚式を挙げ、段階を経て部屋を同室にし、名実ともに夫妻となったテオドシーネには、シエルフィリードのどんな表情でも愛《いと》おしい。

と、シエルフィリードがポケットから何かをとりだした。

「これをつけてみようかと思うんだ」

言いながらシエルフィリードは『何か』を自分の口元にあてる。

髪色と同じ銀糸でできたそれは、いわゆる付け髭《ひげ》というもの。セバスチャンのように整えられた髭が、シエルフィリードの口元を覆う。

ぷるっぷるの唇が隠れてしまうのは残念だが、たしかに見た目の年齢はあがる。それ以前に少年の美貌《びぼう》に白い髭は似合っていないような気もするのだけれど……。

（ああ、でも、そんなシェル様もいい……！）

「奥様、さすがにそれは甘やかしがすぎるかと……」

うっとりとシエルフィリードを眺めていたら、いつのまにか現れたセバスチャンに苦言を呈され、テオドシーネは「そうかしら」と眉《まゆ》をさげた。

シエルフィリードを甘やかしすぎないように、というのがセバスチャンとの約束事ではあるが、新婚を満喫しているテオドシーネにとっては厳しい要求だと思う。

「ええ、似合わないかな……？」

しょんぼりと肩を落とすシエルフィリードに、セバスチャンが「うっ」と胸を押さえる。生まれたときからそばで成長を見守ってきた家令には、シエルフィリードの悲しげな表情は昔を思いださせ、胸を締めつけるものであった。

その隙《すき》をついて、テオドシーネはシエルフィリードの手を握りしめた。

「シェル様。私はどんなシェル様でも素敵だと思います」

「テオ……！」

付け髭のまま表情を明るくしたシエルフィリードが、テオドシーネの手を握り返す。そのまま二人は、ゼピュロスとノトスの待つ馬房へと向かった。

こうして、公爵夫妻は意気揚々と視察に出発した……かに思えたが、通りかかった敏腕双子侍女・

リュシーとエリーにより、

「いくら旦那《だんな》様でもさすがに……」

「奥様、甘やかしがすぎます」

と、シエルフィリードの付け髭はむしりとられてしまったのだった。

シエルフィリードはまた少ししょんぼりしたものの、

「シェル様。私はどんなシェル様でも素敵だと思います」

という妻の慰めにより元気を取り戻し、視察をつつがなく終えた、とか。

## その二　もこもこ着ぐるみパジャマ品評会

春うららのクイン領。各地で種蒔《たねま》きも終わり、芽吹きを迎え、活気づく季節。

一人での視察を終えたシエルフィリードがクイン家の屋敷に戻ってくると、大広間では〝もこもこ着ぐるみパジャマ品評会〟が開催されていた。

「……？」

性格は温和、否定的な感情を表に出すことの少ないシエルフィリードも、さすがに腕組みをして首をかしげ、もう一度しげしげと大広間を見まわした。

大広間には、晩餐会《ばんさんかい》のようにいくつかのテーブルが置かれ、それぞれにもこもこの羊毛でできた着ぐるみのパジャマが並べられていた。どうやら商人らしい参加者たちが肌触りを確かめたり、職人らしい格好の者から話を聞いたり、実際に試着したりしている。

それはものすごくシュールな光景だった。

「あっ、シェル様！」

大広間を忙しく行き来していたテオドシーネが、シエルフィリードに気づいて歩みよってきた。テオドシーネの両腕にも、もこもこが抱えられている。

「テオ、これはなあに？」

「もこもこ着ぐるみパジャマ品評会です」

同じ文言の書かれた横断幕を指さしながら、テオドシーネが答える。それは先ほどシエルフィリードも目にしたものだ。

「やっぱりそうなんだ……」

わかるような、わからないような、わかってしまったら困ったことになる気がするような……。

戸惑うシエルフィリードに、テオドシーネがバツの悪そうな顔になった。

「説明しておりませんでしたかしら……？」

「うん、聞いてなかったと思う」

「それは申し訳ありませんでした。驚かせてしまいましたね」

もこもこを抱えたまま、テオドシーネが頭をさげる。

公爵夫人となり、領地経営の補佐となったテオドシーネは、クイン領内でも王都との連携でも様々な政策を打ち出した。楽しそうに働く姿はシエルフィリードを幸せな気持ちにさせてくれるが、なにせクイン領は広く、計画段階のものまで含めると政策も多い。共有しきれていない部分もあったのだろう。

「クイン領は比較的涼しい気候ですから、羊毛産業も盛んですよね。王都との販路もできましたし、何か新しい事業を興《おこ》せないかと考えていたのです」

従来どおりの衣料品に加え、たとえば端切れを再度ほぐしてフェルトにしてみたり、ぬいぐるみを作ってみたり、と試すうちに、セバスチャンお手製の着ぐるみパジャマを思いだしたのだという。

「ほかにはない品物ですし、インパクトも抜群です。新しい物好きの王都で売れるのではないかと」

「なるほど……」

そう聞けば、シュールだと思っていた光景がまさに品評会の様相を呈してくる。

シエルフィリードが呆気《あっけ》にとられたくらいだから、テオドシーネの言うとおり、印象に残るだろう。

各テーブルにはもこもこの羊着ぐるみもあれば、もこもこのウサギ着ぐるみもあれば、もこもこのトラ柄着ぐるみ、さらにはもこもこのドラゴン着ぐるみまで、様々なものがある。

気になって手にとった商人たちは、クイン領の羊毛の質の高さに驚いているようだ。試着する者が多いということは、それだけ商品に求心力があるということでもある。

知名度をあげ、そこから上質さを認知させるのには最適な戦法……。

(……なのかな?)

はっきりと腑《ふ》に落ちないところはあるものの、シエルフィリードは納得することにした。テオドシーネとセバスチャン、それに領民たちの努力の結晶である。

「いまから準備を進めておけば、次の冬には販路にのせることができます。うまくいったら西辺領とも提携して大々的に……」

未来を語るテオドシーネの瞳《ひとみ》は生き生きとしていて、紅潮した頬《ほお》がかわいらしい。

テオドシーネはシエルフィリードのことをかわいいとよく言うけれども、シエルフィリードからしてみればこうしてたくさんの表情を見せてくれるテオドシーネもとてもかわいい。

初めて出会ったときから、テオドシーネはまっすぐで、自分の置かれた状況を冷静に把握しつつも未来を見つめていた。自分に何ができるかを考えていた。

だから好きになったのだ。

「シェル様？」

ふふ、と笑い声を漏らすシエルフィリードの顔を、テオドシーネが覗《のぞ》き込む。

「テオが楽しそうでよかったな、と思って」

いつぞやも口にした素直な気持ちを告げれば、テオドシーネも破顔する。

「ええ、シェル様に出会えて、毎日が楽しいのです。もこもこ着ぐるみパジャマは種類をたくさん開発しましたし、赤ちゃん用から大人用、男女のサイズも取りそろえているんです。ぜひシェル様も日替わりで着てくださいね」

「……ん？」

なんだか最後にまた予想外の言葉が聞こえたような、と思ったものの、テオドシーネに手を引かれて立ちよったテーブルで、笑顔の職人たちが商品の説明を始めたので、シエルフィリードは黙っておくことにした。

なお、各種もこもこ着ぐるみパジャマは予定どおり翌シーズンに発売された。テオドシーネの狙《ねら》いどおり、人目を引く見た目と品質の保証された羊毛の上質な手触りは相乗効果を生みだし、王都のみならずレデリア王国じゅうで瞬く間に人気を博した。

「日々の仕事疲れが癒やされる」という理由で国王ギルベルト・レデリアやその右腕である宰相ダニエル・ユフまでもこもこ着ぐるみパジャマを購入したということは、当のテオドシーネも知らないことであった。

# あとがき

こんにちは、杓子ねこと申します。

ハイスペックなのにヘタレなヒーローがヒロインのためにがんばる姿にきゅんときてしまう系物書きです。

このたびは『婚約破棄された令嬢は変人公爵に嫁がされる　王太子が迎えにきたけど、夫がかわゆすぎてそれどころじゃない』をお手にとっていただきありがとうございます！


本作は当初ＷＥＢで掲載していた短編でしたのを、第３回アイリス異世界ファンタジー大賞で銀賞をいただき、長編化して書籍になりました。

長編化するにあたって、魔法・ドラゴン・騎士団等々、好きなファンタジー要素を詰め込んでみました。かぶりもの要素もパワーアップして着ぐるみを追加してみました（笑）。

かっこいいかわいいヒーローに凛としたヒロインがデレつつ様々な活躍をする、目指していたとおりのお話にできたかなと思います。改稿や校正で原稿を読み返すたびに「面白っ」となったので、読者の皆様にもそう思っていただければ幸いです。

短編を長編化するにあたり、色々とアドバイスをくださった担当編集様、ありがとうございました。キャラの心情やストーリーを深掘りしていただき、たいへん勉強になりました。

短編からの長編化ということでだいぶ手探りな部分もありましたが、よい作品にしていただきました。

また、イラストを担当してくださったねぎしきょうこ先生。

十六に見える絶世の三十代だの馬のかぶりものだのドラゴンだの騎士団だのと、私の好きを詰め込んだせいでだいぶ大変なことになった世界観を素敵に描いてくださりありがとうございました！　表紙やピンナップにそっと差し込まれているかぶりものたち、見るたびに笑います。

テオドシーネもシエルフィリードもほかのキャラたちも全員イメージぴったりで、とくにテオとシェルはかわいいところもかっこいいところも余さず描いていただきました……！　髪型や服装など、細かいところまで本当にありがとうございます。

ちなみに番外編の羊着ぐるみネタは、キャラデザで着ぐるみを着ていたシェルがかわいすぎて、「もっと着せたい！」となって書いたものです。番外編でも着てはいないのですが、あのあとテオとセバスチャンに着せられまくると思います。

そして、この小説を読んでくださった皆様、応援してくださった皆様へ、たくさんの感謝を！

ヘタレかつ、ちょいイロモノなヒーローでしたが、その分私の好きを前面に押し出した話にできたと思います。ＷＥＢ短編掲載当初から面白いと言っていただけて、とても励みになりました。

インパクトあるシーンを絵で見たい、とのお声も多かったので、夢が叶って嬉しいです！

私はがんばるヘタレヒーローのほかに、政略結婚から始まり、戸惑いつつも愛が芽生えていく関係性も大好きで、今回も、シエルフィリードに出会ってテオドシーネの世界が広がっていく部分（逆に、シェルも、テオに出会って自分の殻を破っていく、周囲の人々や環境も少しずつ変わっていく……というところ）を書くのが楽しかったです。

これからもそうしたお話を書いていくと思います。本屋さんで見かけた際はお手にとっていただけると嬉しいです。

では、またどこかでお会いできることを願いつつ！

令和七年一月　杓子ねこ

# 『虫かぶり姫』

著：由唯　イラスト：椎名咲月

クリストファー王子の名ばかりの婚約者として過ごしてきた本好きの侯爵令嬢エリアーナ。彼女はある日、最近王子との仲が噂されている令嬢と王子が楽しげにしているところを目撃してしまった！　ついに王子に愛する女性が現れたのだと知ったエリアーナは、王子との婚約が解消されると思っていたけれど……。事態は思わぬ方向へと突き進み!?　本好き令嬢の勘違いラブファンタジーが、WEB掲載作品を大幅加筆修正＆書き下ろし中編を収録して書籍化!!

# 『マリエル・クララックの婚約』

著：桃 春花　イラスト：まろ

地味で目立たない子爵家令嬢マリエルに持ち込まれた縁談の相手は、令嬢たちの憧れの的である近衛騎士団副団長のシメオンだった⁉　名門伯爵家嫡男で出世株の筆頭、文武両道の完璧美青年が、なぜ平凡令嬢の婚約者に？　ねたみと嘲笑を浴びせる世間をよそに、マリエルは幸せ満喫中。「腹黒系眼鏡美形とか‼　大好物ですありがとう！」婚約者とその周りにひそかに萌える令嬢の物語。WEB掲載作を加筆修正＆書き下ろしを加え書籍化‼

# 婚約破棄《こんやくはき》された令嬢《れいじょう》は変人《へんじん》公爵《こうしゃく》に嫁《とつ》がされる
## 王太子《おうたいし》が迎《むか》えにきたけど、夫《おっと》がかわゆすぎてそれどころじゃない

2025年3月5日　初版発行

初出……「婚約破棄された令嬢は変人公爵に嫁がされる
～新婚生活を嘲笑いにきた？　夫がかわゆすぎて今それどころじゃないんですが！！」
小説投稿サイト「小説家になろう」で掲載

著者　杓子ねこ

イラスト　ねぎしきょうこ

発行者　野内雅宏

発行所　株式会社一迅社
〒160-0022 東京都新宿区新宿3-1-13 京王新宿追分ビル5F
電話　03-5312-7432（編集）
電話　03-5312-6150（販売）
発売元：株式会社講談社（講談社・一迅社）

印刷所・製本　大日本印刷株式会社
ＤＴＰ　株式会社三協美術

装幀　前川絵莉子（next door design）

ISBN978-4-7580-9713-0


おたよりの宛て先
〒160-0022 東京都新宿区新宿3-1-13 京王新宿追分ビル5F
株式会社一迅社　ノベル編集部
杓子《しゃくし》ねこ 先生・ねぎしきょうこ 先生